CE MAUDIT SOLEIL
de Marcel Godin
est le cent vingt-cinquième ouvrage
publié chez
LANCTÔT ÉDITEUR
et le douzième de la
« petite collection lanctôt ».

D1002687

CE MAUDIT SOLEIL

du même auteur

La cruauté des faibles, nouvelles, Montréal, Éditions du Jour, 1961 ; Montréal, Les Herbes rouges, 1988.

Ce maudit soleil, roman, Paris, Robert Laffont, 1965.

Une dent contre Dieu, roman, Paris, Robert Laffont, 1969.

Danka, roman, Montréal, L'Actuelle, 1976.

Confettis, nouvelles, Montréal, Éditions internationales Alain Stanké, 1976 ; Montréal, H.M.H., 1979.

Manuscrit, poésie, Montréal, Éditions internationales Alain Stanké, 1978.

Maude et les fantômes, roman, Montréal, l'Hexagone, 1985.

Après l'Éden, nouvelles, Montréal, l'Hexagone, 1986.

Les anges, roman, Paris, Robert Laffont, 1988.

Le chemin de la lune, roman, Montréal, VLB éditeur, 1993.

Marcel Godin

CE MAUDIT SOLEIL

PCL / petite collection lanctôt

LANCTÔT ÉDITEUR
1660 A, avenue Ducharme
Outremont, Québec
H2V 1G7
Tél. : (514) 270.6303
Téléc. : (514) 273.9608
Adresse électronique : lanedit@total.net
Site Internet : www.lanctotediteur.qc.ca

Illustration de la couverture :
Jordi Bonet, *À S.*, 1972, acide sur papier, 72,12 cm x 55,88 cm
(photo de Bernard Lambert). © SODART 2000.
Montage : Édiscript enr.
Marquette de la couverture : Folio infographie

Distribution :
Prologue
Tél. : (514) 434.0306 / 1.800.363.2864
Téléc. : (514) 434.2627 / 1.800.361.8088

Distribution en Europe :
Librairie du Québec
30, rue Gay-Lussac
75005 Paris
France
Téléc. : 43.54.39.15

Première édition : Robert Laffont, 1965
Nous remercions le Conseil des arts du Canada et le ministère du
Patrimoine canadien de l'aide accordée à notre programme de
publication. Nous remercions également la SODEC, du ministère de la Culture et des Communications du Québec, de son
soutien.

Préface

Un chant d'ouverture sur le monde

*E*n 1961, Marcel Godin fit une entrée fracassante
dans la littérature avec La cruauté des faibles,
*un recueil de nouvelles à l'érotisme diffus qui choqua
la bien pensance d'une société encore engoncée
dans les toiles d'araignées de la pudibonderie et du
puritanisme propres à une époque que les historiens
se sont accoutumés à appeler « La grande noir-
ceur ». Coups de crachats et de haines accueillirent
donc cette première publication. Cependant, la critique salua une nouvelle étoile qui venait d'apparaître au firmament des lettres, reconnaissant chez
Marcel Godin la marque d'un incontestable talent et
le plaçant d'emblée parmi cette nouvelle génération
d'écrivains qui renouvelaient les lettres au Québec.
Marcel Godin avait alors 29 ans.*

*Quand il publia, quatre ans plus tard, son
deuxième livre,* Ce maudit soleil *(Laffont 1965), des
critiques renommés — Jean Éthier Blais, Réginald*

Martel, Gilles Marcotte, au Québec, Hubert Juin en France, pour ne citer que ceux-là — ont accueilli ce roman comme étant la confirmation d'un réel talent. L'étoile n'était pas filante. Elle brillait ferme et franchissait les rivages des vieux pays, apportant à Paris, château fort alors quasi inexpugnable, quelques éclairages sur la littérature qui s'écrit au Canada français. On marqua quelques nuances ; on déplora quelques maladresses de style ; on releva des « ruptures d'optique » ; on risqua quelques comparaisons avec Marie-Claire Blais en particulier ; on décela une certaine parenté thématique avec Durell, Miller, Cendrars, Dos Passos, Camus, mais, unanimement, on s'accordait pour reconnaître en lui un vrai écrivain.

Tout cela s'était passé avant que je n'émigre au Québec et au long de mes pérégrinations, le vent n'avait point apporté écho de la singularité de cette œuvre. Je n'ai fait que depuis peu la connaissance de Marcel Godin, par le hasard heureux des rencontres littéraires. Je ne le vois malheureusement que de loin en loin, au gré des circonstances, puisque, tout comme moi, il n'est pas friand des mondanités. J'ai une grande estime pour cet homme, aujourd'hui un vieillard portant beau l'automne de l'âge. J'apprécie son détachement, sa passion pour la pensée non conforme, sa façon de camper loin de la quête de l'approbation, du prestige et des honneurs. J'apprécie la franchise de sa parole et son authenticité. Flambeur et non tricheur, il attache une importance capitale au métier, à l'expérience, au jeu de vivre.

C'est peut-être ce qui lui vaut cette relégation dans les marges. Marcel Godin se perche sur les cimes froides de la plus totale liberté, et de ce fait, habite le lieu de la plus haute solitude.

J'ai lu d'une seule traite Ce maudit soleil, envoûté par son rythme trépidant, haletant. J'ai été dès le début (« je ne me souviens plus si j'ai crié en me réveillant. Il y avait un rat à mes pieds, sur la couverture... ») happé, harponné par ce roman qui restitue l'atmosphère de ces camps de bûcherons que j'ai bien connus en Abitibi, à une autre saison de ma vie. L'histoire de ce jeune homme, commis aux écritures, qui monte pour la première fois dans un chantier du grand Nord, non loin de White River, la Rivière blanche, pour y travailler et qui découvre la solitude, l'ennui, les émois de l'âme, l'amour, ce rendez-vous souvent manqué, aurait pu être la mienne.

Il y a des accents d'instruction initiatiques dans le roman. J'y ai retrouvé la rudesse de ces hommes, leur existence pénible, sans joie, sans femme (la seule qui existe à des centaines de kilomètres à la ronde est la « Johanne » qu'ils se partagent machinalement comme un bout de pain). J'y ai reconnu la brutalité d'un paysage marqué par la monotonie des épinettes à perte de vue, « autant qu'on en tuait », une terre ingrate où les gestes, même les plus dérisoires de notre humanitude, revêtent un sentiment d'immobile éternité.

Il n'y a pas d'écrivain sans lignée. Il n'y a pas d'écrivain qui ne s'inscrive dans une filiation. Il y aurait lieu de rappeler la façon dont Louis Hémon *avait traité la thématique du « bois » dans* Maria Chapdelaine, *et Félix Antoine Savard, dans* Menaud Maître draveur ; *il y aurait lieu de marquer la différence d'approche de Godin d'avec ces devanciers qui chantaient la joie de vivre d'une race, au sens antique de nation, « pétrie d'une invincible allégresse ». L'univers de Godin est un univers impitoyable, un univers saoul de soleil brûlant la terre et les têtes, un univers de solitude, de désespérance, un univers détraqué où même les oiseaux ne savent pas voler.*

J'ai refermé ce roman le souffle coupé. On ne joue pas aux osselets dans le monde de Marcel Godin qui, en outre, travaille sur l'os de la langue. Une langue dépouillée, un style dynamique, concis, nerveux. Naguère, on en a parlé comme d'une œuvre de colère, de bestialité, d'une peinture dantesque de l'enfer des passions primitives. J'incline plutôt à croire qu'il s'agit d'un chant de la plus grande ouverture sur le monde. Le roman se termine sur l'arrivée des immigrants dans le chantier, secouant la mer d'immobilité. L'Histoire munie de sa grande hache s'apprête à basculer. Le jeune homme se met à espérer. « Les bourgeons sortiront de l'hiver ». On est loin du repli frileux sur soi, de la xénophobie et de la peur de disparaître.

Il est à souhaiter que cette réédition attire de nouveau l'attention sur un homme et une œuvre que les éphémérides des médias ont reléguée dans les oubliettes, abandonnant de remarquables textes à la « critique rongeuse des souris ».

Malheur à celui par qui le scandale arrive, dit l'Évangile. Marcel Godin l'a expérimenté dans sa chair et dans ses œuvres. Et pourtant, il y a là un superbe écrivain, un roman exceptionnel tant par la hauteur du propos que par la qualité de la langue.

ÉMILE OLLIVIER
Mars 2000

Chapitre premier

JE NE ME SOUVIENS PLUS si j'ai crié en me réveillant.
Il y avait un rat à mes pieds, sur la couverture.

Surpris par mon réveil, il restait là, oreilles renversées, et me fixait, la gueule légèrement ouverte, découvrant ses dents jaunasses. Je surveillais, recroquevillé et enroulé dans les draps de la crainte. Ça n'arrive pas tous les jours. Heureusement ! Sa présence a suffi à me couper le souffle. Pfoua !

Étonné autant que moi, s'était-il crispé lorsque je remuai mes pieds sur lesquels il avait dû dormir ?

Je mis un moment à retrouver mon calme.

Un rat et moi. Le soleil, toujours implacable, empoisonnait le paysage. Des épinettes striaient le ciel trop bleu où planaient d'enviables oiseaux qui n'auraient pas dû savoir voler.

Effrayer le rat, lui lancer un objet, me précipiter hors du lit ou appeler Nina, ma vieille chatte ? Il n'en était pas question. J'avais peur.

Ne pas perdre la bête de vue, scruter la pièce et espérer du secours, tel était le souci. Nina était là, retirée dans un coin, les pattes de devant allongées, les griffes sorties, les oreilles couchées, l'œil fixe et le dos relevé sur les pattes arrière. Elle bondit soudain. Le rat sauta.

Du coup, j'avais quitté mon lit, ouvert la porte du camp, saisi un balai. Je criais comme un désespéré, énervant les deux bêtes qui s'enfuirent, l'une courant après l'autre.

Le calme revint, écrasant.

Je demeurai quelques instants dans l'embrasure de la porte, à regarder la hanche de la colline, au creux de laquelle s'élevaient le camp des hommes, la cuisine, l'écurie, la forge.

Un peu plus loin, turbulente, White River coule, va vers l'hôtel *White* à White River même. Elle cherche le fleuve.

Je claque la porte de la cabane, regagne mon lit encore humide de sueur et crache sur la truie. Je me calme. J'allonge la main, prends mon paquet de tabac, une feuille de papier et commence lentement de rouler une cigarette.

— Maudite vie. Une autre journée ! Elles pèsent toutes, dès le réveil, et m'obligent à forniquer avec l'ennui : le mien et celui des hommes. Nous sommes des épinettes parmi d'autres. Des épinettes qui mangent, dorment, pissent et pensent de temps à autre.

Chaque matin en me levant, sauf ce matin-là où le rat m'avait éveillé, c'est le même poids, la même tiédeur. Je m'étire, m'assois, place un oreiller crasseux le long du mur et y pose la tête. La fumée de ma cigarette, bleuâtre et cancérigène, disparaît vers le toit de papier goudronné. Et quand il fait soleil, je me sens davantage porté à l'amertume, à l'acidité morale. Il fait toujours soleil. C'est comme ça. Je regarde les choses, comme elles sont ; ce chantier, tel qu'il est. Est-ce ma faute si le soleil ne me convient pas ? Ne nous convient pas ? Ici, aux camps, sauf les dimanches qui sont fériés, il n'y a que Johanne et son vieux père toujours occupés aux travaux de la cuisine. C'est tout. Ils sont seuls à deux, n'ayant pour distraction que leur monologue intérieur.

La cigarette s'achève. Je me lève, m'approche de la truie, la remplis de bûches d'épinette que je croise avec soin entre de vieux journaux. Je frotte une allumette sur la tôle noircie.

Il faut savoir ce qu'est, le matin, à des milles et des milles de la ville, ce qu'est le crépitement du bois qui flambe et pétille. Et la fumée qui s'échappe par les pores de ce ventre infernal. Il faut savoir.

Le soleil, bon malgré moi, réchauffe ma cabane et la masque d'une fausse joie. Le silence aussi devient envoûtant, violé par le craquement du feu.

Je voudrais sacrer. L'écho répéterait inlassablement : « Criss… je m'ennuie, nuie, nuie… »

Planté devant la truie, j'attends, je me laisse étreindre par la chaleur qui lentement m'enveloppe, m'étourdit ; je rentre les épaules et j'enfouis les bras dans les manches de mon sous-vêtement de laine rugueuse. Mon sexe obéit à la chaleur, lui rend hommage. Je ne bouge plus. Je laisse bouillir mon sang.

Quand je me sentirai bien au chaud, vivant, que la température de la pièce deviendra supportable, je m'habillerai de mes *breeches*, de ma chemise à carreaux et je quitterai ma cabane.

Pour gagner la cuisine, il faut dévaler la colline à pas lourds, en levant les pieds pour ne pas buter sur les racines et les souches.

Dans la grande cuisine où l'on pétrit le pain, où la cuisson est reine, je m'assoirai comme un prince, à l'endroit qui m'est réservé, droit au bout de la plus grande table.

Johanne viendra me servir. C'est son habitude. Ses mains voleront autour de moi, comme des papillons, allant d'un plat à l'autre. Elle me servira une tasse de café, du pain et des œufs ; ces œufs que je commence à détester. Ils ressemblent trop au soleil.

Elle dira, me servant, comme elle le dit chaque jour : « Bonjour, commis ! » et ajoutera, sur un autre ton : « Vous avez bien dormi ? »

Quant à son père, il continuera de pétrir la pâte, fumant sa pipe et fredonnant entre ses dents serrées un air de son cru.

Après m'avoir servi, Johanne retournera à sa berceuse, reprendra son couteau et continuera de peler les pommes de terre. Mécaniquement. De temps à autre, elle regardera dehors et fera la lippe. Je lirai dans ses yeux ce que je lis dans les yeux de tous. L'ennui.

Qu'avons-nous donc à tant détester la vie morte de White River, la White River vivante, qui coule à quelques pieds de nous ? Pourquoi ne pas lutter contre cet étouffement ? Le soleil ? Le paysage est-il si lourd ? Est-ce encore cette sensation d'être dans un train qui ne s'arrêtera jamais ?

Un train. Des rails. Le train pour Shawinigan et La Tuque peut-être. Opawika ? La baie James ? Des rails, des rails, des épinettes. Et notre ennui.

Chapitre II

LA TASSE à café vide. La cigarette qui me brûle les doigts. Johanne qui pèle ses légumes. Les deux œufs que j'ai mangés me bronzent l'estomac.

Ce maudit soleil.

J'ai envie de vomir, comme ce jour où je vins à White River dans ce train bondé de voyageurs qui buvaient, parlaient beaucoup et buvaient encore, qu'on ne savait s'ils étaient soûls de mots ou d'alcool. Des jambes dans l'allée. Des têtes sur la banquette. L'air saturé de leur haleine putride.

Écoutez. Le train. C'est le train du Grand Nord. Les mers d'épinettes, des épinettes, encore des épinettes. Le soleil baisse soudain les paupières entre la rivière White et les montagnes.

D'autres épinettes. Toujours. Le train roule avec ses hommes. Le train soûl, abominablement soûl. Il fait peur au voyage : mon premier.

Assis dans un coin, je ne parvenais pas à lire la revue achetée au comptoir de la gare, trop distrait par les manières et les gestes des voyageurs qui me regardaient comme une bête curieuse. Comment pouvais-je ne pas me distinguer d'eux, vêtu d'une chemise blanche, portant cravate et mon habit du dimanche ?

J'allais vivre avec eux. J'allais les connaître, les découvrir, en aimer quelques-uns. Ce sont des enfants d'âge mûr, poètes sans le savoir, qui parlent avec leurs yeux, chantent des mots qu'ils tricotent à leur manière, pour dire n'importe quoi :

> *— Le vent s'effarouche,*
> *Crisse que le ciel se plisse,*
> *Y va neiger des hosties...*

Mes yeux ne peuvent se détacher d'eux. Je voudrais les comprendre et comprendre pourquoi ils boivent ainsi. Pourquoi ils se tiennent si mal. Pourquoi ils sacrent.

Soudain, un homme que je n'avais pas remarqué s'est approché et s'est assis sur la banquette d'en face.

— Où vas-tu, gamin ?

Il était gros et grand, devait avoir cinquante ans. Une mèche blanche au milieu de ses cheveux très noirs. Le nez rouge. Les yeux striés. L'alcool. Et sur sa joue, une verrue énorme. Il la caressait continuellement.

J'avalai ma salive et, refoulant ma méfiance, je répondis :

— Je m'en vas sur la White.

Instinctivement, j'avais adopté son langage.

— Qu'est-ce que tu vas faire là ? dit-il.

Il reprit avant que j'aie eu le temps de répondre :

— Tu vas sûrement pas bûcher !

— Non.

— Alors, quoi ?

— Commis, fis-je, sèchement.

— *Clerk !* reprit l'homme. Pour quel *jobber* ?

— Le *jobber* ? Qu'est-ce que c'est ?

— Voyons : le contracteur ! Tu sais pas l'anglais ?

Il me donna une vigoureuse claque sur les genoux.

— Excusez-moi, je savais pas, répliquai-je, confus.

Mais l'homme continuait de poser ses questions.

— Grouille ! Pour qui ?

— Pour Millette.

Il se leva tout droit.

— Millette ? C'est moi, mon gars.

— C'est vous ! Je m'attendais pas à…

Je ne m'attendais pas à faire sa connaissance dans un train et je ne l'avais pas imaginé sous des traits aussi peu attirants.

Les mots restèrent dans ma gorge. J'acceptai avec méfiance de serrer la main qu'il m'offrait. Serrer ? C'est plutôt lui qui serra, la secouant avec force, trop soûl pour évaluer ma résistance.

— Enchanté, jeune homme ! s'écria-t-il, décidé à se raconter et à en exiger autant de moi. T'as déjà été dans un chantier ? Il y a qu'à te regarder la fraise, se répondit-il lui-même, sans attendre, et répétant le manège avec mon âge. Quel âge as-tu ? Pas plus de vingt ans ! Phonse ! Phonse ! Viens, que je te présente le nouveau commis : une jeunesse ! La compagnie s'est pas forcée cette année. Si ça continue, ils enver-ront des enfants d'école !

Alphonse s'amena. Son père me désignait du doigt :

— Regarde-moi ça !

Alphonse avait le même âge que moi. Il paraissait dix ans de plus, tant il était bien bâti et pétant de santé.

Alphonse me souriait.

— C'est moi, le fils.

Se tournant vers son père, qu'il me pointa du doigt comme si je ne l'avais pas déjà su et n'avais pas déjà vu ce geste :

— C'est mon père, le *jobber*.

Et Millette répétait, encore une fois :

— C'est mon fils.

Pour sûr, pensai-je, je ne pourrai jamais les confondre. Ils savent qui ils sont ou veulent se le prouver.

Si le contrôleur n'avait, à ce moment précis, fait irruption dans notre wagon pour annoncer notre arrivée à White River, je ne sais si j'aurais pu me défaire du père et du fils qui n'en finissaient plus de se présenter. Dieu qu'ils étaient soûls !

White River. Des voix trameuses et empâtées répétaient le nom. Les hommes se réveillaient, s'étiraient, se remettaient tant bien que mal sur leurs jambes. On se bousculait un peu. On jurait. On s'empressait de ramasser ses petits.

— Tu viens, fiston ? me demanda Millette.

Je pris ma valise, m'approchai de la sortie et attendis que le train s'immobilise.

— Tu veux un coup ? dit Alphonse en m'offrant sa bouteille.

Je refusai d'un signe de tête.

— Envoille, envoille ! insista-t-il, m'obligeant presque. C'est du petit blanc.

Je rougis, pris la bouteille d'une main hésitante, regardai le goulot sur lequel je ne sais combien de bouches déjà s'étaient posées.

Les lèvres d'Alphonse étaient trop charnues, trop repoussantes. Je me décidai pourtant et portai le goulot à ma bouche, avalant une généreuse gorgée, histoire d'être à la hauteur.

Je m'étouffai. Alphonse m'épiait.

Il me donna des tapes dans le dos.

— Tu t'habitueras, m'encourageait-il. C'est pas mauvais, hein ? Du vrai petit blanc.

Je lui rendis la bouteille et répétai, peu convaincu :

— C'est pas mauvais.

Le train s'était immobilisé. Le contrôleur ouvrait les portes. Une rafale se rua sur nous. Je relevai le collet de ma canadienne.

Des taxis nous attendaient. Nous eûmes tôt fait d'y prendre place, entassés les uns sur les autres. En un rien de temps, la puanteur des hommes gagna toute la voiture. Coincé entre Alphonse et son père, je me retenais de vomir et ravalais non sans peine l'alcool qui remontait à ma gorge. Je devais être blême.

Au sortir d'une courbe, White River apparut. C'était un petit village temporaire, une sorte de champignon qui aurait poussé en une nuit et se serait étonné, au matin, d'être là. Une sorte de village comme il s'en construit dans les régions forestières. Des villages condamnés à mourir à mesure que les bûcherons rognent la forêt.

White River : un petit hôtel, une église et une banque. Tous trois construits en brique rouge. Les autres maisons, y compris le magasin général, sont en bois recouvert de papier goudronné. Les cheminées fument. Des chiens aboient qu'on entend distinctement. À la porte de l'hôtel, des curieux sont là. D'autres, le nez dans les fenêtres, regardent venir les taxis par la rue étroite, éclairée tous les cinq cents pieds par un réverbère mesquin. C'est ça le dépôt, le quartier général, les entrepôts de la compagnie. C'est ici le nerf du chantier. C'est ici que l'on signe la mort des sapins et des épinettes. C'est encore ici que la White River coule comme un filet d'argent entre les montagnes noircies d'arbres. White River ! La rivière Blanche…

Les taxis ne s'étaient pas immobilisés, que les hommes en descendaient en sacrant. Je regardai le ciel assaisonné d'étoiles que les faibles réverbères ne parvenaient pas à brouiller. Pas de lune. Elle devait se cacher plus au sud, du côté de la Noire, c'est-à-dire à Black River, voisine de la Blanche.

— Tabarnac ! lança une voix.

Peut-être pour dire que la nuit était belle. Ce juron sert à dire tout ce que la pauvreté du vocabulaire ne parvient pas à délivrer.

La porte de l'hôtel s'ouvre pour nous accueillir. Hôtel de campagne. Sa chaleur suffoque. La salle d'attente est meublée d'une trentaine de chaises de style Windsor. Quelques-unes, brisées, mises à l'écart près du mur. À intervalles réguliers, des cendriers sur pied montent la sentinelle. Les murs sont alourdis, en plus de leur papier peint à fleurs jaunes et vertes, de portraits de famille, de trophées et d'innombrables bibelots en plâtre colorié. Au-dessus de la porte de la salle à manger, une grande photo : debout, bien droit, frais rasé, les cheveux collés sur les tempes, le propriétaire de l'hôtel. À côté de lui, assise, sa femme. Par terre, son chien et sa fille qui est à la fois caissière, femme de chambre et cuisinière.

Un fourneau en fonte, d'un noir impeccable, ronfle au beau milieu de la pièce. Un comptoir vitré, derrière lequel se tient le propriétaire lui-même, complète le tableau.

Millette s'est avancé. Il a craché à plus de dix pieds de lui avec une précision remarquable. Alphonse a imité son père. Son déchet s'est étalé à cinq pieds du crachoir.

— C'est en pratiquant que tu vas l'avoir, s'exclama Millette, toujours fier de son Alphonse.

Et personne pour s'indigner. Même pas le propriétaire. Il craint sans doute de protester : « Vous croyez-vous dans une porcherie ? » Et puis sa fille, dès que les hommes auront gagné leur chambre, aura tôt fait de passer une vadrouille là-dessus, qu'elle devra tordre avec ses mains.

Le propriétaire désigne des chambres, exige des signatures. Presque tous se contentent de tracer une croix. On doit payer d'avance et partager les chambres.

Ressassant : « Je ne coucherai avec personne. » Mon tour vint de me présenter au comptoir. Je demandai :

— Je voudrais une chambre à un lit.

Je dus dire le dernier mot indistinctement, car l'hôtelier me demanda de répéter.

— Seul, dis-je, très nettement cette fois, pour que tout le monde m'entende. Je veux une chambre pour moi tout seul.

Et je me suis mis à rougir.

Il se fit un silence. Je craignais qu'on me juge et qu'on devine ce que je ne voulais pas laisser paraître : qu'ils me dégoûtaient tous. Ou presque.

— Où vas-tu, et avec qui es-tu ? demanda l'hôtelier, comme si ma destination était en rapport avec ma demande.

— Chez Millette. Je suis le commis à Millette.

— C'est moi ! cria Millette, en s'approchant du comptoir, se croyant interpellé.

— Pas vous, dit l'hôtelier. Le petit gars.

— Mais c'est mon commis, répliqua Millette en tripotant sa verrue.

— Il faudra qu'il partage sa chambre ; j'ai pas assez de lits pour *toute* votre monde, décida l'hôtelier.

— Tant pis, conclut Millette qui ne semblait guère se soucier de mon vœu. Mettez la chambre pour mon Alphonse et le commis. Je m'arrangerai avec Superman.

Il ne me resta plus qu'à payer. Je sacrai pour la première fois de ma vie. En pensée seulement. Puis, en compagnie d'Alphonse, je suivis la fille de l'hôtelier qui nous désigna notre chambre. La numéro 7, située au bout d'un long couloir et vis-à-vis de la salle de bains. Une chambre à peine plus grande que le lit coincé entre un chiffonnier et un mur tapissé d'un papier à rayures mauves et blanches. Face au lit, une fenêtre donnait sur la cour, d'où nous parvenaient les bruits de la gare.

Alphonse m'a tendu la bouteille.

— Un coup ?

Je crus qu'une autre gorgée de ce liquide infect me permettrait de supporter plus facilement sa présence. J'acceptai et bus. Sans tousser, cette fois.

Puis, nous avons commencé de nous dévêtir. Je pliais méthodiquement mes vêtements ; lui, il jetait les siens par terre.

Il puait. Dieu qu'il puait ! J'ouvris la fenêtre. Alphonse ne dit rien. Je gagnai le lit et me couchai en me collant le plus possible près du mur.

Alphonse alluma une cigarette, s'assit sur le bord du lit, continua de prendre un coup, se retournant de temps à autre pour voir si je dormais.

Je ne dormais pas. Ne m'endormais pas. J'étais inquiet.

Alphonse se coucha. Au même instant, une atmosphère de culpabilité envahit la pièce. Il s'approchait de moi, glissant hypocritement son grand corps de bûcheron sous les draps amidonnés. Il m'expliquait que, là-bas où nous serions, il n'y aurait pas de femmes. On s'ennuierait. Valait mieux faire ça à deux que seul.

— Nous deux, on pourrait peut-être ?

— Tu pourrais pas te laver un peu, avant ? eus-je l'idée de dire.

Il sortit du lit avec un empressement stupide et se dirigea vers la salle de bains.

La porte n'était pas sitôt fermée que je sautai hors du lit, me rhabillai tant bien que mal et gagnai la salle d'attente. Je m'y installai, attendant que le soleil se lève. Il pointait ses rayons sur la fournaise de fonte quand je m'endormis, mal assis dans une des chaises Windsor.

J'ignore ce qu'il advint d'Alphonse cette nuit-là. Il a dû faire ça seul, se jurant peut-être de m'entraîner une autre fois.

Chapitre III

L A CUISINE ne diffère pas des autres bâtiments. Elle est de bois rond. Je compte douze fenêtres assises sur des troncs d'arbres. Deux gros fourneaux qui chauffent bien. Quand ils exagèrent, on ouvre grand la porte.

Une odeur de pain imprègne la cuisine, se glisse dans tous les pores de l'écorce du bois, comme la sueur même du corps humain. Le pain : une si bonne odeur.

De longues tables recouvertes de toiles cirées sont placées les unes à la suite des autres, formant la lettre *U*. Au bout, une table plus grande, plus imposante et beaucoup mieux garnie. C'est la table pour Millette, son fils, le mesureur de bois, son assistant et moi, qui composons le *staff*. Parce qu'on a le droit de se mettre à part ; ce droit qui nous vient du salaire que nous gagnons, des responsabilités qui nous échoient et qui nous distinguent.

Millette ? Après tout, c'est son chantier. C'est lui qui investit. Son fils, lui, en plus de bûcher, voit à ce que tout marche bien et fait respecter non seulement son père, mais également ses biens. Je suis le commis et on me prend pour un savant parce que, ici, le seul fait de savoir écrire, lire et compter autorise les hommes à vous prendre pour un *mesieu*.

Je me tiens debout près du fourneau, les bras ballants. Je bâille, puis passe nonchalamment les doigts dans mes cheveux. Ils bouclent depuis que je ne les peigne plus.

Dans le chaudron sans couvercle, mijote une sorte de ragoût brunâtre d'où surgissent à intervalles irréguliers des pointes de carottes, de gros oignons blancs qui tournent sur eux-mêmes. Ça sent très bon, ça aussi…

— Vous dormez encore, commis ? murmure Johanne.

J'ai levé vers elle un regard vide. Le coin droit de ma bouche s'est plissé en guise de sourire.

— Bonjour, dis-je.

— Bonne journée, répond-elle, courbée sur son tablier rempli de pelures de légumes.

Elle active la berceuse de la pointe du pied.

— Il fait beau, hein, commis ! dit le vieux.

Je tournai la tête vers la fenêtre :

— Oui

— Pas jasant à matin.

— J'ai rien à dire.

— Pourtant, vous devez bien penser ! Vous avez été à l'école.

J'aurais voulu le traiter de naïf. Pourquoi l'humilier ? Il était sincère et croyait ce qu'il disait. Pour lui, qui n'avait sans doute complété qu'une troisième année élémentaire, il était normal d'établir une relation entre l'instruction et la réflexion.

— Oh ! vous savez, *cook*, j'avais des copains au collège qui étaient, même avec leur grand diplôme, moins instruits que vous et encore moins capables de penser.

— Vous dites ça pour m'encourager.

— Penser, continuai-je, je connais pas beaucoup d'endroits où ça s'enseigne.

— Ah ! s'exclama Johanne, pourquoi ?

— Parce que…

Je ne savais pas.

Je fis un effort et tentai d'expliquer :

— Peut-être que, pour enseigner à penser, il faut d'abord savoir ce que c'est. Dans nos écoles, c'est prendre des risques que d'enseigner à penser à des jeunes gens. Est-ce qu'on sait ce qu'ils peuvent en faire ? C'est inquiétant, non ?

— Vous voulez rire de nous ? s'esclaffa le vieux en me donnant une claque dans le dos, y laissant l'empreinte de sa main gantée de farine.

— Mais non, je dis pas ça pour rire. C'est comme ça.

Pour l'heure, je m'en voulais d'être là, parmi eux, à pontifier, à leur expliquer ce qu'ils pouvaient m'enseigner mieux que quiconque. Lui surtout, pétrissant son pain parce qu'il faut le pétrir ; le cuisant parce qu'il l'a pétri, le surveillant à chaque instant pour le réussir. Il le sortirait finalement du four comme s'il avait fait une découverte ou achevé une grande œuvre.

Je me suis assis à la place qui m'était désignée.
Johanne se leva pour me servir. Je la regardai atten-
tivement pour la première fois, elle qui pourtant me
souriait toujours à plein visage. Pourquoi, avant ce
jour, ne m'étais-je pas aperçu qu'elle était assez
jolie ? Ce n'était pourtant pas parce qu'elle coupait
ses cheveux à la Jeanne d'Arc. Encore moins parce
qu'elle avait des yeux comme en ont les biches, ou
que son visage était comme un fruit d'une espèce
rare, résultat d'une greffe savante. Quant à ses lèvres,
peut-être avaient-elles bon goût, malgré ses dents un
peu irrégulières et jaunes et probablement cariées. Je
la découvrais ce matin. Non. Je l'acceptais et consen-
tais à la considérer comme faisant partie de notre
étrange famille.

Je m'étais mis à manger les œufs qu'elle m'avait
fait cuire, ainsi que les *oreilles de crisse*.

Johanne est toujours là. Je n'ose trop la regarder
et réfugie mon regard au fond du bol de café que je
tiens à mes lèvres.

Johanne est toujours là.

Je l'y retrouve, telle qu'elle m'apparut le jour du
portage, quand, tôt le matin, la grappe d'hommes que
nous formions autour de Millette se mit en marche
— une marche de quelques milles — vers le cam-
pement qui devait être le nôtre.

❏

Superman chantait de sa voix cassante, avec son
accent hérité d'un orphelinat anglo-saxon où il avait

été élevé avec d'autres bâtards. On dit des enfants de l'amour qu'ils sont beaux. C'était sûrement une exception. Il était d'une laideur que seul son bon caractère nous faisait oublier. Il chantait à tue-tête, sans complexe, comme un gars monstrueusement heureux ou du moins qui paraissait l'être tant j'étais triste. D'autres hommes répondaient à sa chanson.

La chaîne que nous formions avançait lentement. Nous levions les pieds pour ne pas buter sur les souches, les racines et les branches mortes éparses sur le sentier, qui n'avait pas été foulé depuis la dernière saison. Nous allions au camp numéro six. Il fallait nous y rendre à pied, au camp de Millette, le seul chantier de cette division où il y eut un portage.

Le soleil brillait, créait des jeux d'ombre, fouillait l'herbe, éparpillait ses lueurs entre les branches des arbres aux aiguilles toujours vertes. De temps à autre, je me penchais, étonné de trouver sur mon passage des fleurs que je ne connaissais même pas et n'avais vues dans aucun manuel scolaire. Un bûcheron, marchant à mes côtés, les baptisait à mon intention, à l'instant même où je les cueillais. Snobs et pimpantes, des perdrix nous surprenaient par leurs battements d'ailes qui me faisaient sursauter. Et la colonne avançait derrière Superman, qui chantait toujours dans ce clair matin d'automne farci de tous les parfums de la saison.

Superman devait avoir quarante-cinq ans. Grand, d'une allure spéciale et propre à lui seul, les cheveux grisonnants sur les tempes. Il portait sa hache sous l'aisselle, comme on porte un journal. Usé par le

travail et l'alcool, qu'il adorait avec la même ferveur
— ce qui expliquait son surnom de Superman —, il
avait le respect de l'un et de l'autre et ne les confon-
dait jamais. Ou il travaillait ou il buvait. Mais alors
avec la même ardeur. Il m'avait dit qu'il était céli-
bataire et je me suis mis à en douter, le jour où il me
demanda d'envoyer de l'argent à une femme. Beaucoup d'argent. C'était peut-être autre chose. Comment savoir ? Il ne m'aurait rien dit, même si j'avais
été curieux de sa vie sexuelle (parce qu'on ne connaît
peut-être vraiment les hommes qu'à travers elle).

Son amour — du moins celui dont il savait parler
comme pas un, dont il connaissait le fond, le caractère, les mystères, les plus petits détails —, son
amour, c'était la forêt. Par cœur, qu'il la connaissait.
Il en parlait et en vivait, comme si c'eût été une
femme. D'ailleurs, pour avoir passé sa vie dans les
chantiers, il fallait qu'il soit drôlement mordu. On le
trouvait toujours avec la même bonne humeur, se
dépensant à toutes les tâches, cordant les billots,
remplaçant le cuisinier quand ce dernier tombait
malade ou devait s'absenter, assistant le mesureur de
bois. Il était partout à la fois et toujours au bon
moment. C'est pourquoi, sans doute, il ouvrait la
marche.

Derrière lui, suivaient le *cook*, sa fille, le *jobber*,
son fils, le père Émile, dit « le Forgeron », Jack le
beau gars, puis Auguste et les autres : une quaran-
taine.

— On s'arrête à la digue ? cria Superman.

— On n'a pas le temps, répondit Millette.

— Aïe, aïe! enchaîna Superman. Tu veux nous faire crever? Il nous reste encore trois milles à marcher.

— Puisque je viens de vous le dire, trancha Millette. On se reposera là-bas.

Il y eut un malaise. Les hommes, contrariés, se regardaient sans parler, se comprenant au jeu de leurs paupières qui devinrent petites, malicieuses.

Si c'est comme ça qu'allait être le *jobber*, la saison ne serait pas rose!

Ils étaient tous chargés comme des mulets, sauf la Johanne, qui balançait à bout de bras une mince valise de carton ne contenant sans doute que ses vêtements précieux.

Quand les hommes eurent fini de jouer des paupières, un murmure monta.

— Vos gueules! cria Millette. A-t-on jamais vu une gang de poules comme ça? Quand je vous dis qu'on n'a pas le temps de s'arrêter. Faut absolument que je vous donne vos lots aujourd'hui.

— On peut même pas tirer une touche? risqua son fils.

— Une autre fois, coupa Millette. Je veux plus en entendre parler. Oust! Et que ça avance.

— Moi, j'arrête, dis-je. Je suis fatigué.

— Marche, marche comme les autres!

Millette n'avait pas eu le temps de terminer sa phrase que je criai de ma voix la plus forte, pour que toute la bande entende, et rougissant, surpris de contrecarrer un ordre: «On arrête!» en déposant mon havresac par terre.

La colonne s'arrêta. Quelques jurons retentirent.

Alors, gardant son havresac, son fanal et sa hache sur le dos, Millette s'avança vers moi, qui avais déjà ouvert mon paquet de cigarettes. Il tenait les poings serrés. Sa verrue bleuissait :

— Écoute, le jeune. Qui est-ce qui mène ? C'est moi, hein ? dit-il, prenant à témoin tous les visages fixés sur nous.

Je ne répondis pas tout de suite. D'abord parce que je me sentais gêné et ne savais que répondre. J'avalai ma salive et allumai ma cigarette, après avoir frotté deux allumettes (le vent avait commencé de souffler). Intérieurement, j'avais envie de rire. On aurait cru un western ; j'imaginais Millette donnant le signal de la bagarre, et tous de se ruer les uns sur les autres. Et pan ! À grands coups.

— C'est… dis-je… c'est vous qui menez le chantier. Moi, je me mène tout seul. Mon patron, monsieur Millette, c'est la compagnie. Ça vous regarde donc pas si je m'arrête. Si vous voulez marcher avec vos hommes, allez-y. Moi, je marche plus.

Je lui avais débité ça d'un trait, me grisant des mots au fur et à mesure qu'ils se formaient dans ma tête. Je les disais en mordant dedans. C'était la première fois que j'osais vraiment tenir tête à un homme et, par instinct de défense, il importait que je m'impose dès le début et mette en pratique ce que le superviseur m'avait dit : « C'est toi qui mènes ta barque, compris ? On a assez eu d'embêtements comme ça avec les *jobbers*. T'en fais pas : ils sont forts comme des bœufs, mais démunis comme des enfants. Tu verras, ils se laissent conduire par le bout du nez. T'auras qu'à leur montrer tes diplômes. Ça les impressionne. »

Des diplômes ? Je n'en avais pas. En aurais-je eu que je ne les aurais pas montrés. D'autant plus que Millette venait de lancer un « criss ! » en serrant les poings.

— Je sais pas ce qu'ils t'ont dit au dépôt, mais je l'imagine bien. Je commence à les connaître, depuis dix ans que je contracte pour eux ! Compagnie ou pas, c'est pas un petit calvaire de morveux qui va me dire quoi faire.

Il levait le poing.

— Veux-tu que je te montre qui c'est qui mène ?

Je regardai les hommes. Crâneur, jouant le tout pour le tout, je le provoquai :

— Qu'est-ce que vous attendez ? Montrez-le. Je marcherai pas plus avec votre poing sur la gueule…

Au moment où j'allais ajouter : « Ça pourrait vous coûter votre saison », mes yeux se posèrent sur Johanne.

Je me souviens d'avoir éprouvé le besoin de me blottir dans ses bras. J'aurais tout aussi bien pu recourir à Superman qui était de taille à affronter Millette. Pourquoi Johanne, chétive et fragile ? Pourquoi une femme ? Parce que je venais de faire le brave et que je me sentais mâle ?

Millette avait répondu :

— *Drop dead*, maudit enfant de chienne.

Il déposa brutalement son havresac, sa hache et son fanal sur une grosse souche.

Superman éclata de rire.

J'avais un rayon de soleil en plein visage. Décontenancé par ma victoire inattendue, je sentis une larme couler sur ma joue, une larme de détente, toute minime, à travers laquelle Johanne s'embrouilla.

Superman venait de me donner une claque dans le dos :

— C'est bien fait, petit. J'aurais pas fait mieux. Avec Millette, c'est comme ça. Il tuerait pas une mouche et il prend tout le monde pour des robots. Hein, Millette ? Pourvu que l'argent rentre !...

Tous s'étaient mis à rire en se débarrassant de leur fardeau et ils commencèrent de rouler une cigarette ou de bourrer leur pipe.

— Donnez-vous la main, reprit Superman. Vous êtes tout de même pas pour commencer la saison en chicane ?

Je tendis la main, essayant de sourire.

Alors, Millette, qui était assez malin, jeta un regard vers ses hommes, pour voir. C'étaient des hommes de la forêt. Ils ne sentaient pas le besoin d'approuver ou de désapprouver. Ça ne les regardait pas. Du moment qu'ils s'étaient arrêtés et qu'ils pouvaient fumer !

Millette prit ma main. Il en profita pour se livrer à une petite démonstration de sa force, en écrasant mes doigts dans son étau. Je grimaçai. Il y eut un craquement et ma main sembla se chiffonner comme une feuille.

— Sacré voyou ! dit-il en me la rendant. Ça a encore la couche aux fesses et ça a dix fois plus de caractère qu'un bûcheron. T'as gagné, commis. Tu l'as bien mérité. T'as raison, ça fait tort à personne de prendre un petit repos. On rattrapera le temps perdu. Superman accélérera le pas. Hein, Superman ?

Les hommes ne s'occupaient plus de nous. Ils avaient tiré leur leçon de cette histoire. Le *jobber* ? Un qui ne nous ménagera pas. Le commis ? Une tête de cochon. De toute façon, la saison ne serait pas drôle.

Cependant, Gustave, qui faisait partie du groupe, s'approcha de moi en souriant.

— Les hommes, c'est pas des bêtes, hein ?

Nous nous étions vite compris et je crois qu'il se voulait le porte-parole des autres et venait m'assurer de leur confiance. J'étais fier. Et si je me trompais sur l'intention, elle ne me permettait pas moins de me sentir un peu moins seul.

Tous ou presque fumaient en échangeant des impressions. On parlait de la température, de la coupe du bois. On se vantait des exploits des hivers passés. On parlait d'argent, d'automobiles. On se racontait l'été, les récoltes du foin qui avait particulièrement bien poussé. On glissait, entre parenthèses, un mot sur les femmes, comme ça, comme on aurait donné une petite tape sur un joli derrière.

— Eh oui ! Elle en attend un autre pour le printemps prochain, disait Gus, le barbu. Ça fait mon huitième hiver, donc mon huitième enfant. Ma femme ne déteste pas ça et ça la tient occupée quand je suis pas là. Vous comprenez ?

Des hochements de tête scandaient les rires approbateurs.

Superman, lui, riait. Il avait fourré dans sa gueule sa pipe, qu'il tenait toute droite entre deux rangées de dents jaunes, en la tétant avec des tremblements de lèvres. Il avait encore un air de jeunesse, malgré ses tempes grises et son visage anguleux vérolé de taches de rousseur. Le nez restait extrêmement fin pour celui d'un ivrogne. Et les yeux étaient bons, intelligents.

— On va se couper un bon mille piastres, hein, Millette ? déclara-t-il, sans enlever la pipe de sa bouche, en essuyant sur sa manche un filet de salive.

— Mille piastres ? Bon Dieu ! s'exclama Millette. Tu vieillis !

— Où c'est que tu vois ça ?

— L'année dernière, t'avais abattu plus de quinze cents !

— Hé ! Pas tant que ça. T'oublies que j'avais *jumpé*.

— Si t'es sérieux, enfin... si ça te démange pas trop cette année, avec le lot que je te réserve, mon vieux, tu retourneras en ville pas mal solide.

— C'est pas que je manque de sérieux, mais tu sais, quand ça fait six mois, ça me démange. T'auras beau dire à ton *cook* de mettre du rabattant dans le café, j'ai quelque chose qui me travaille.

Il se tenait les hanches tandis que tous le regardaient mimer et agacer la Johanne.

Elle ne fumait pas, Johanne. Elle était assise sur un tronc d'arbre, une jambe relevée, le menton appuyé sur un genou.

Accroupi à ses pieds, j'étais absorbé par le trait que lui faisait sa culotte trop serrée. Je le voyais fatalement, chaque fois que je levais les yeux vers elle.

De taille petite et fine, Johanne avait des jambes délicates et des cuisses d'une blancheur de lait. Un peu maigre, la Johanne, avec des yeux sans couleur précise, changeants comme une ombre. Elle ne parlait pas, gardait la bouche légèrement entrouverte, d'une manière sensuelle, avec un croissant de lune accroché au coin des lèvres. Elle avait une allure garçonne et, fouillant ma mémoire, j'eus souvenir d'une illustration qui m'avait jadis frappé. Le prince Éric, je crois, ou quelque autre conte de mon enfance. Elle était moins jolie que ce dessin de jeune homme dont je me rappelais l'allure, les cheveux, les bras effilés.

— Qu'est-ce qu'on va préparer pour souper ? demanda son père.

— Du jambon et des œufs, répondit-elle.

Brusquement, elle rabattit sa jupe, comme si elle eût deviné que je la regardais.

— Nous n'aurons pas le temps de préparer autre chose.

— Et les patates ? lança une voix.

— Pas de patates, répliqua-t-elle.

— Mais du thé ! s'exclama Superman. Il nous faut du thé : le petit whisky du pauvre.

Il se mit à rire en cachant sa tête rousse dans le cou de Millette, qui cria alors :

— Oust ! En marche ! Assez de temps perdu.

Chacun reprit son paquet : qui son havresac, qui sa valise, sans oublier la sciotte et le fanal. Le pas était plus rapide et plus décidé. Il ne devait pas être loin de midi. Le soleil chauffait un peu plus les épaules. Quelques hommes commençaient de s'en plaindre.

— Ce maudit soleil !

— Te plains pas le ventre plein. Y a des jours où il est bien utile, déclara une autre voix.

Le soleil n'entendait pas. Il continuait de peser sur les épaules, de fouiller et d'illuminer la White, qui coulait à deux pas de nous, avec emphase, grouillante, zigzaguant et s'efforçant d'arracher à ses rives les billots d'une drave ancienne, coincés là entre des racines vermoulues et de grosses roches luisantes.

À un moment, toute l'équipe s'arrêta net, sur un signe de Superman. Nous venions de déboucher au-dessus d'une clairière où se libérait la rivière. Autour, quelques collines couvertes d'herbe jaunie. Çà et là, de petites épinettes. En bas de la colline, se détachaient les bâtiments de bois rond, délabrés, portes claquantes, fenêtres brisées et par endroits béantes. Au milieu de tout cela, insolite, un bouleau blanc, encore jaune, dont les feuilles résistaient tant bien que mal à l'automne.

— La Johanne est encore là, murmura Superman.

Il avait passé un bras autour de mes épaules et me désignait le bouleau de son autre bras tendu.

— La Johanne ? répétai-je en guise de question.

— Oui, on l'a baptisé comme ça, parce qu'il est tout seul parmi des épinettes. Comme Johanne et nous.

— C'est gentil, dis-je.

— Vous trouvez ? demanda Johanne.

Je n'avais pas le temps de répondre que j'entendis :

— Nom du Christ ! Va falloir remettre tout ça en ordre.

C'était Millette qui gueulait, en promenant un regard découragé sur les camps.

Remettre ça à neuf ! S'il le disait de ce ton, c'est qu'il lui faudrait mobiliser deux ou trois hommes à la réfection des camps et qu'il serait obligé de les payer plein temps. Ça retarderait d'autant la coupe.

— Maudit Séraphin ! cria Superman. Je sais à quoi tu penses.

— Qu'est-ce que t'as à dire ?

— Fais pas l'innocent. Y a qu'à te regarder les yeux pour voir des signes de piastre.

— Va chier ! Tu me prêtes toujours des intentions.

— Jure-moi que je me suis trompé, voulut parier Superman.

— Laisse tomber, décida Millette, en descendant vers les bâtiments. Quand bien même tu dirais vrai !

Superman riait comme un fou.

Je restai là, un moment encore, en haut de la colline, à regarder les hommes descendre en sautillant.

Six camps : la cuisine, le camp de Millette et de son fils, la forge, le camp du mesureur de bois et de son assistant, sans compter l'écurie et un hangar à bois, le tout placé en cercle au beau milieu d'une pente dominant le chantier. Et des épinettes. Toujours des épinettes.

Quand je rejoignis les hommes, Millette me désigna mon camp.

— Là, dit-il. Inspecte ça comme il faut. Tu prendras un homme pour les réparations.

Je grimpai la pente puis, parvenu à l'entrée, poussai la porte. Un rat, énorme, me regardait.

Surpris, je tapai du pied. La bête ne broncha pas d'un poil. Inquiet, je saisis le balai posé près de la porte et fis un pas. La bête bondit. Poussant de petits cris, elle me fila entre les jambes et disparut. Je me retournai à temps pour la voir passer à deux pas de Johanne.

Johanne ?

Pourquoi m'avait-elle suivi ?

Elle baissa les yeux, puis elle fit demi-tour et disparut à son tour, comme le rat et le frisson qui m'avait saisi.

❑

— Qu'est-ce que je peux faire ?

— Pour qui ? demanda Johanne.

J'avais oublié que j'étais dans la cuisine et que j'avais rêvé tout ce temps-là. Je tenais encore le bol à mes lèvres. Le café était froid.

— Je rêvais.

— J'ai cru voir ça, dit-elle, en souriant.

Je déposai le bol sur la table et me dirigeai vers la sortie.

La voix du vieux me poursuivit :

— Vous en avez ruminé un coup. Ou bien vous dormiez encore.

Je ne répondis pas et quittai la cuisine en frôlant les cloches à vache, accrochées à une planche et dont on se servait pour convoquer les hommes aux repas.

Leur grelot vibra faiblement. Quelques notes s'éteignirent. Je montai vers mon camp, accompagné de mon ombre que le soleil dessinait.

Comme pour agacer ma solitude.

Comme pour me donner l'envie de ne plus être seul.

Ce maudit soleil !

Chapitre IV

JE N'AVAIS VU jusque-là aucune femme nue et n'avais jamais cherché à en voir. Je mens. Ma sœur, une fois. Je m'étais penché un peu et j'avais appuyé l'œil à la serrure de la porte de la salle de bains. Était-ce elle qui l'y avait mise : une clé obstruait le trou, ne me laissant voir que la pointe de ses jeunes seins, un morceau de cuisse ou un dessous de bras — allez savoir ! Mais je ne pus dès lors contenir les fantasmes. Ce soir-là, mon lit tremblait.

Ça n'a aucune importance. Tout juste un rapport avec Johanne, car à mon retour du camp des hommes, où je venais de remettre le courrier, je passai près de la cuisine, le long des murs. Je m'arrêtai. Le rideau de la fenêtre de sa chambre n'avait pas été tiré. Johanne était assise sur une boîte à beurre vide, devant un miroir, et se peignait nonchalamment. Elle relevait ses cheveux, les coiffait de diverses façons, en se souriant dans la glace ou en faisant la moue, selon qu'elle semblait ou non satisfaite.

Elle abandonna ce jeu et remit le peigne sur la tablette. Puis elle se leva et retira son chandail en se courbant, les bras tendus devant elle.

Je m'approchai encore de la fenêtre et, suspendu à ses gestes, je ne bougeai plus. J'épiais avec une curiosité troublée ce qui allait suivre, espérant qu'elle oublierait le rideau, jouissant déjà du plaisir que, enfin, j'allais goûter.

Elle ne tira pas le rideau et n'éteignit pas la lampe. Son ombre s'étendait sur les murs. Dans un va-et-vient, elle laissait glisser sa jupe, tirait sur son jupon, pliait le tout soigneusement, me laissant le loisir de contempler ses jambes minces et fines, sa taille si petite, et de deviner sa poitrine qu'elle commençait de dénuder, les mains derrière le dos, cherchant les agrafes de son soutien-gorge. Elle l'enleva, délivrant ses seins, qu'elle prit dans ses mains, en roulant la pointe entre le pouce et l'index.

Je ne sais ce qui me retint de frapper au carreau, de lui signaler ma présence, de m'offrir à lui donner moi-même ces caresses. J'étais paralysé et supportais mal la vue de ses jambes, qu'elle croisait, imprimant à son corps un balancement gracieux. Sa tête alourdie vacillait de gauche à droite. Paupières fermées, elle cessa son manège et enleva brusquement sa culotte. Puis elle regarda dedans et la déposa dans un sac à linge sale, qu'elle dut ramasser derrière la porte de sa chambre, en se penchant, toute nue pour moi seul.

Puis elle alla vers la table, où étaient le pot à eau et le bol à main. Elle commença sa toilette, qu'elle fit négligemment, avec hâte même, comme s'il se fût agi d'une tâche désagréable. Au moment où elle allait revêtir une longue robe de nuit blanche, je crus qu'elle se doutait de ma présence. Non. En pleine vue, elle resta quelques instants, les jambes légèrement ouvertes. Et tandis qu'une chaleur troublante me montait au visage, son corps disparut sous la robe de nuit. L'ombre bougea de nouveau sur les murs.

Johanne se glissa sous les couvertures, fit son signe de croix et souffla la lampe.

Je demeurai à l'imaginer, roulant la pointe de ses seins entre son pouce et son index.

Mon membre était de plomb, le sang me gueulait aux tempes et, tenté de répéter le manège en pensant à elle, je me dirigeai vers mon camp. Je n'entrai pas. J'étais effrayé à l'idée de me retrouver entre quatre murs, et je m'engageai sur le chemin du portage, foulant la neige fine qui avait commencé de tomber. J'offris mon visage aux flocons et ma fièvre s'apaisa à leur léger contact. Je marchai longtemps, obsédé par Johanne, chassant cette image de peur de m'y complaire trop.

Quand je décidai de rentrer, un frisson me figea sur place. J'avais cru entendre des pas ou déceler la présence de quelque bête. J'eus peur, ramassai une branche cassée et m'en revins à grandes enjambées, frappant les troncs qui se trouvaient sur mon chemin pour faire du bruit, beaucoup de bruit, me sentir moins seul, comme ceux qui se promènent dans la rue, transistor à la main, pour ne pas avoir à penser.

Une fois au camp, je dus rallumer la truie qui s'était éteinte. J'ôtai mes vêtements et me glissai dans mon pyjama. Comme d'habitude, comme si nous avions besoin de tant d'habitudes, je m'approchai de la fenêtre pour griller une dernière cigarette.

Nuit noire. Seules les lueurs du fanal accroché à la porte de l'écurie commencent à faiblir. Superman avait dû oublier de faire le plein de pétrole.

Chapitre V

LE VENT D'OUEST mimait dans son sillage l'écho d'un train et le goût du départ. Renoncer à ce paysage. Fuir l'ennui. Partir.

Le corps de Johanne était là pour me retenir. Depuis la veille, le corps de Johanne. Et d'ailleurs, partir, c'eût été, par force, me retrouver avec les mêmes hommes soûlant leur retour. Je chassai ce nuage et entrai dans la cuisine.

Je me mis à rire en apercevant Johanne avec ses pommes de terre, dont elle enlevait les yeux entre le pouce et l'index. Tout comme la veille…

— Quelle mouche vous a piqué ? demanda-t-elle. Vous avez l'air heureux !

— Je suis de bonne humeur. Voilà tout.

Elle prépara le déjeuner, riant elle aussi, attachée à mon humeur comme une épouse simple qui vit des humeurs de son mari et qui l'attend le soir, dans l'inquiétude de savoir si elle pourra rire quand il entrera. De toute façon, se masquer du même masque que lui : le mimétisme de certains couples. Horreur de cela. La femme-copie, toute dans la Johanne de ce matin-là, qui riait parce que je riais. Et le vieux, sans savoir pourquoi, d'en faire autant, de pétrir la pâte et de fredonner un air de gigue en tapant du pied.

Après le déjeuner, je retournai chez moi, histoire de me vêtir convenablement et de prendre la hache que j'emportais chaque fois que je m'éloignais des camps. Pourtant, cette hache, ce matin-là, je n'en avais nul besoin pour faire une tournée d'inspection sur les chantiers de coupe. Mais j'avais peur, de cette peur qui suintait du chantier même. Sans doute trouvais-je, à tenir cette cognée, une force, une assurance. Le moindre bruit, une perdrix qui s'envole, une calotte de neige qui glisse d'une branche, un craquement, avait le don de m'inquiéter. Alors, mon cœur cessait un instant de battre. Le temps de me ressaisir, il décuplait son rythme. Je finissais toujours par me traiter d'imbécile en me demandant : « Peur de quoi, hein ? »

Il faisait beau ce matin-là. Beau ! Je me sentais prêt à me réconcilier avec ce soleil implacable qui s'étirait comme un adolescent au réveil, avec la neige miroitante et mes pas légers sur elle, qui parlaient comme le chantier même : « Criss… criss… »

Écoutez-moi ça.

Et puis, il faut bien le dire, non seulement il faisait beau mais je désirais Johanne. Pour la première fois, je me sentais piqué par cette mouche venimeuse qui empoisonne doucereusement. Ce désir dont on ne sait rien, si ce n'est qu'il s'allume par accident, répondant à la complicité d'un clin d'œil, d'un sourire, d'un signe, d'une main qui se pose sur le dossier d'un fauteuil, d'une jambe de femme qui prend appui sur un barreau de chaise, tandis que les doigts indifférents, accoutumés, redressent la ligne d'un bas en se glissant agilement sous la transparence du nylon. Tous ces menus gestes inoffensifs qui se logent en plein ventre et vous dévorent lentement. Ainsi, ce désir brûlant un coin du cerveau, gênant tout, se voulant un but et une fin ultimes, infirmant par là même ce que je croyais porter en moi de sacré : mon intelligence, ma liberté…

Et pourtant, par ce désir, me sentir ressusciter, m'intégrer soudain à cette vie même, voir là une porte de sortie pour échapper à l'onanisme, de rigueur dans les agglomérats de mâles.

Désir de la femme qui me réconciliait avec le soleil. La femme. Johanne.

Chapitre VI

Quand j'arrivai au premier chantier de coupe, j'aperçus Arthur qui venait d'abattre un arbre, son second depuis l'aube. Pas bavard, l'Arthur. Il a consenti à s'asseoir quelques minutes sur une corde de bois. Nous avons fumé une cigarette, roulée entre nos doigts gelés. Nous n'avons pas échangé cinq phrases. Il faisait bon ne pas être seul. C'était physique.

Au cours de ces rencontres, un homme livrait parfois une vérité, un autre cédait un peu de sa sagesse.

Ces hommes, je les associais au paysage auquel ils ressemblaient. Je me devais d'observer et de me laisser envahir par leur silence. Alors, avec le temps, j'apprenais à les connaître et je les découvrais plus vrais que tous ceux que j'avais rencontrés jusqu'ici, parce qu'ils échappaient à la dépersonnalisation des villes et qu'ils étaient soustraits à la civilisation d'asphalte et de briques.

Je quittai l'Arthur, sans avoir rien échangé d'autres avec lui que la fumée de nos cigarettes, et me dirigeai vers son voisin, Auguste, qui bûchait à quelques centaines de pieds plus loin. Auguste, la commère du chantier.

— Bonjour, Gus.

— Bonjour, commis.

— Qu'est-ce que tu racontes ?

— Rien. Je m'ennuie avec ma hache et mon sciotte.

« On s'ennuie toujours avec ou sans quelque chose, avec ou sans quelqu'un ! » pensai-je.

— T'avais l'air de parler à quelqu'un ?

— Oui, des fois, je parle à ma femme. Tu *catch* ?

— Qu'est-ce que tu lui dis ?

— Des choses. Je parle à mon fils aussi ; je lui explique ce que je fais.

— Quel âge a-t-il, ton fils ?

— Huit ans. Je lui répétais justement, avant que t'arrives, que…

— Que ?

— Que la vie…

Il ne terminait pas ses phrases aujourd'hui. Il paraissait absorbé, inquiet. Il reprit :

— Ça a pas de bon sens.

Puis, se plantant droit devant moi, il se mit soudain à parler : Dieu, l'amour, la vie, les arbres, les enfants. Il s'interrompit, le temps de lécher le papier de sa cigarette.

— Hein, qu'est-ce que je fais, moi ? Je me lève, je prends mon sciotte et ma hache, je m'en viens et je trime comme un maudit pauvre. Des billots, des billots, mon commis. Rien que ça et toujours la même chose. Je dors. Je mange. Je recommence.

— Tu retournes jamais à la ferme ?

— C'est du pareil au même. Que veux-tu que je fasse d'autre sur la ferme ? Trimer, bon Dieu.

— Ça a ses bons côtés, dis-je.

— Oui. On pète. On pète pour rien. Parce que c'est comme ça et qu'on nous a mis au monde pour péter. Moi, ça me fatigue.

— C'est pas mieux pour moi. Au lieu de bûcher, j'additionne.

— Tiens, tu me consoles, dit-il. Si les chiffres et le bois c'est du pareil au même, c'est qu'on fait tous la même chose. On est tous pareils. On se tue lentement.

— Puis après ?

— Ben ! en attendant, on élève des petits qui trimeront comme nous.

Il s'arrêta soudain et me demanda

— Au sujet des petits, tu connais le truc des riches ?

— Quel truc de riches ?

— Comment ils font pour pas en faire ?

— Quoi ?

— Des enfants, bon Dieu. Écoute ! Moi, j'ai huit saisons dans les bras. Huit saisons et huit petits. C'est pas compliqué. Et c'est-ti de ma faute si ça prend, chaque fois que je touche ma femme ?

J'étais là, abasourdi, ignorant, incapable de lui répondre, croyant encore que c'était l'affaire du bon Dieu plus que du plaisir.

Je me suis souvenu alors, mais vaguement, d'avoir entendu dire qu'il existait des trucs. Je n'osais lui en parler, de peur de l'induire en erreur. Il continuait de raconter, tant et si bien qu'il s'exclama :

— La terre suffit plus. Le plus vieux a huit ans. C'est la misère. Si je savais comment, commis…

— Si tu savais comment quoi ?

— Faire l'amour sans faire d'enfant, tabarnac !

Il lança avec rage son mégot qui alla s'enfoncer dans la neige.

— Je sais, dis-je. Enfin, je sais pas réellement. J'ai entendu dire qu'il se vendait des espèces de chapeaux dans les pharmacies. Avec ça, il y a pas de danger. Il y a une méthode aussi, et peut-être d'autres trucs, mais je ne les connais pas. Demande à Superman.

— À qui ?

— À Superman ! Il connaît la vie…

Chose étrange, bien que la conversation de ces hommes tournât fréquemment autour du sexe, une certaine pudeur leur interdisait de parler franchement de leurs tourments personnels et de ces questions-là.

Quand j'eus nommé Superman, Auguste s'écria :

— T'es complètement fou ! Superman va rire de moi. Qu'est-ce qu'il y peut ? Il doit être dans le même bain. Tandis que toi…

— Moi ?

— T'es instruit.

— Tu te fais des idées, Gus ! C'est pas parce que je suis allé à l'école plus longtemps que je connais forcément plus de choses.

Il m'interrompit, en me disant :

— Maudite crasse ! Si j'avais ton instruction ! Mais viens, que je te raconte…

Je m'étais mis à rire.

Nous nous étions assis sur un tronc d'arbre.

— C'était à Saint-Tite, commença-t-il. Je rencontre mon curé et lui parle de mon problème d'enfants. Sais-tu ce qu'il m'a conseillé ? De plus coucher avec ma femme. Tu vois ça ? Faut-il être curé pour parler aussi bêtement, ou n'avoir jamais couché avec une femme ! À moins qu'il en sache, lui, des trucs. Pourquoi qu'il nous les dit pas ?

— Demande-le-lui !

— T'es complètement fou

Il éclata de rire, pour s'arrêter aussitôt.

— C'est pas drôle au fond. Parce que le curé riait pas, lui. Sérieux comme un pape, il m'a demandé : « Auguste, vous avez pas honte de poser des problèmes comme ça à votre curé ? » « Et pourquoi j'aurais honte ? que je lui ai répondu. C'est une question comme une autre. » « Comme une autre ? Qu'est-ce que vous faites du sacrement du mariage ? Avez-vous oublié que vous vous êtes marié pour avoir des enfants ?… » Crois-moi ou pas, commis, je lui ai tourné le dos. Il était trop bête. Et j'ai jamais remis les pieds dans son église. Dans ce temps-là, j'en étais à ma quatrième saison. À Paul.

Et Auguste de m'inonder de confidences, d'anecdotes. Je n'avais plus à lui répondre. Je l'écoutais, tel un élève sur un banc du collège qui apprend à perdre des préjugés ou à en acquérir de nouveaux. Auguste m'enseignait la vie telle qu'il la connaissait.

Je me pris d'affection pour lui, comme l'élève pour son maître.

— Donne-moi une cigarette.

Je lui tendis mon paquet de tabac.

— Pas ça. Une toute prête, pour faire changement.

Je n'en avais pas. Il se contenta de mon tabac.

— Comme ça, tu vas plus à l'église ?

— Avant que j'y remette les pieds, répondit-il, il va y avoir pas mal de bois de coupé. Et pour que j'y retourne, il faudrait que le curé change d'idées.

— Qu'est-ce que tu veux dire ?

— Dis-moi pas que tu trouves ça juste, toi, de se marier rien que pour avoir des enfants. Si la religion c'est ça, j'en ai pas besoin.

— Ah !

— Oui, j'ai moins de problèmes. Je m'arrange autrement, maintenant.

Je le quittai là-dessus, regrettant de n'avoir pas insisté pour qu'il me dise comment il s'y prenait. Je repris ma marche tristement. Je venais d'entrer dans le clan des hommes. Johanne, bien entendu, veillait là, dans un coin de mon cerveau.

Le pauvre Auguste avait repris sa hache et cognait, en monologuant, s'imaginant sur sa femme ou avec les petits autour de lui, qui criaient : « Papa ! »

Plus loin, au flanc d'une colline, j'aperçus les fils Boisclerc, qui cordaient des billots à l'aide d'un cheval. Il sortait, des entrailles de ces hommes, des blasphèmes inimaginables, tombant en pluie sur la misérable bête que Joseph, le plus vieux des deux, frappait à tour de bras avec un crochet de métal. La bête, tendue sur ses pattes, le corps vibrant, tirait, tirait, en perdant une écume blanchâtre à laquelle se mêlait le sang des éraflures causées par les coups. Et le plus jeune, Ligoris, se pendait à la bride, à deux pieds de la tête du cheval. Il lui crachait dans les yeux en l'insultant.

Je m'approchai, hâtant le pas, et les hélai :

— Voyons, mes calvaires !

On se comprit. Même langage. Le « calvaire » nous plaçait sur le même plan. Ils se sont arrêtés. Surpris, ils se sont regardés.

Le cheval aussi m'a regardé, après avoir dressé et pointé les oreilles dans ma direction. Un bon regard de bête.

— Ça va pas ? demandai-je, offrant une fois de plus mon paquet de tabac.

— Ce criss de cheval veut pas avancer, répondit Ligoris.

Il acceptait le paquet de tabac.

— Si Millette vous voyait massacrer sa bête, vous risqueriez de prendre le bord.

— Bah ! fit le plus vieux, en crachant par terre et en glissant ses mitaines sous son bras.

De crainte que je ne narre cet incident à Millette, ils se calmèrent.

J'observai le cheval. Écorché, épuisé, maigre, les yeux pleins d'insomnie. Je vis qu'il craignait les hommes quand je m'approchai pour le flatter.

— Il en peut plus. Laissez-le se reposer. C'est pas un tracteur.

— C'est fait pour ça, répondit Joseph.

Je regardai Joseph comme je venais de regarder la bête. Ils se ressemblaient. Sauf que Joseph avait des taches de sang dans les yeux et transpirait la colère. Il était méchant. La bête, pas.

— Fume, fume, l'invitai-je une seconde fois, histoire d'étirer le temps et de laisser la bête se reposer.

Nous nous sommes assis sur un amas de billots et sommes restés là, sans mot dire, devant le cheval qui clignait les paupières.

Quand nos cigarettes furent éteintes, je repris ma marche en poinçonnant du revers de ma hache leur lot de billots. Puis je fus loin et de nouveau j'entendis le débit de blasphèmes et le halètement désespéré du cheval.

J'avais hâte de rentrer.

Elle devait être triste, la mélodie que je sifflais. Je ne m'en souviens plus, et pour cause : à la fourche, beaucoup plus loin que le lot des Boisclerc, là même où le sentier se divise, je me retrouvai face à face avec l'Alphonse à Millette.

Pour dire vrai, c'était la première fois que nous étions seuls ainsi, depuis le curieux incident de la chambre d'hôtel, à White River.

Il n'avait rien oublié. Pas plus que moi, d'ailleurs. Ça se voyait à son regard, à son sourire. Moi, à ma gêne, à mon malaise. Peut-être y avait-il au fond, entre nous, une attirance ; ou ce qu'il y avait de malsain en moi se retrouvait-il en lui, et vice versa ?

Il avait toutefois des avantages ans ce cadre : sa taille et sa carrure, son allure plus *maturée*. Et aussi une assurance car il était, lui, le fils du jobber.

— Eh, eh ! Ça marche, ça marche.

— Comme tu vois, dis-je, et je suis en retard.

— C'est pas l'heure qui tient, répondit-il. La brunante est même pas tombée.

— Ça sera pas long, ajoutai-je, continuant de marcher et refusant de lui prêter plus d'attention.

Ce malaise. Qui dira ce malaise ? Une boule dans le fond de la gorge, un creux à l'estomac, une fébrilité et, soudain, cette moiteur dans les mains. La crainte ? Ou la curiosité morbide de voir, d'entendre, de dire oui une fois, sans chercher de prétexte pour y couper…

Pendant que, l'espace d'une seconde, mon cerveau, mes sens et Johanne se livrent une étrange lutte, sa puanteur, comme une grâce divine, vient me sauver en me rendant mon bon sens.

— On dirait que t'as peur d'être grugé, lança-t-il.

Je m'arrêtai pile.

— Maudit cochon ! T'es rien qu'un maudit cochon ! Tu penses rien qu'à ça. T'as que ça dans la tête. Si j'étais plus fort que toi, je te casserais la gueule !

Il s'approcha avec assurance, calme, à peine atteint.

— Hé, vas-y, varge, avec tes poings de petite fille !…

Il m'avait pris par les épaules et me secouait. J'avais beau me débattre, me démener comme une anguille, il avait dix fois l'avantage.

Et de rage je pleurai, proférant les injures que m'inspiraient son odeur et le dégoût. À peine l'ai-je entendu me dire :

— J'ai rien qu'à te prendre de force, si je veux.

Il venait de m'embrasser, avant de me rejeter dans la neige avec la même aisance qu'il eût fait d'une pitoune. Il me laissa humilié, atrocement, et s'en fut en me traitant encore de petite fille.

S'il était le plus fort, je serais le plus malin. Je me relevai, m'essuyai le visage du revers de ma manche et repris le chemin en me répétant : « À cochon, cochon et demi. »

Chapitre VII

J<small>E M'ARRÊTAI</small> à la cuisine pour ne pas être seul, me réchauffer et boire une tasse de thé. Je n'avais plus la joie du matin. Johanne n'était pas là ; elle était allée chercher le sac aux lettres.

Le vieux m'a servi, avec cette même considération, ce respect qu'ont les gens simples pour leur curé, leur médecin, leur notaire, et le commis quand il s'agit d'un chantier.

Je me suis assis dans la berçante de Johanne, après que le vieux m'y eut autorisé d'un signe. Les pieds sur la bavette du poêle, je fus enveloppé par la chaleur. Je me sentais bien, mais je pensais au cheval des frères Boisclerc.

— C'est terrible, *cook*, battre comme ça un cheval ! Après tout, c'est rien qu'une bête !

— De quoi parlez-vous ? demanda-t-il.

— De rien. De la vie de chantier. Du cheval.

Il ne me demanda même pas de quel cheval.

— On s'habitue à tout. C'est pas si dur que vous croyez. C'est parce que c'est nouveau. La première fois qu'on voit, ça frappe. Les premiers pas sont toujours *tough*. Après, on s'habitue. C'est comme ça. Dans le temps, ajouta-t-il, si t'avais vu comment c'était. Baptême, tu serais bien mort !

Il me tutoyait ou tantôt me vouvoyait, selon ce qu'il avait à dire.

— Vous croyez ?

— C'est simple comme bonjour. Regardez la Johanne. On ne l'entend jamais se plaindre. Et pourtant, la première année, elle ne cessait pas de chialer. Elle voulait aller à l'école avec les autres filles et vivre au village. Elle s'est habituée. Elle a oublié une fois pour toutes.

— Elle dort peut-être. Il suffirait de la réveiller, dis-je.

Le vieux se mit à rire :

— Allez-y voir ! Elle s'est réveillée bien avant vous !

Je ne compris pas ce qu'il voulait dire et, curieux, l'interrogeai.

— Ma femme est morte, raconta-t-il, quand Johanne avait quinze ans. J'avais pas le choix : il a bien fallu qu'elle me suive.

— Personne ne pouvait se charger d'elle ?

— J'aime autant pas parler de ça. C'est mort avec ma femme. Et bien enterré. Je me suis débrouillé, non ? À quinze ans, une gamine peut toujours être utile : peler les légumes, mettre la table, laver la vaisselle. C'est ce qu'elle fait depuis. Elle et les autres, je veux dire Millette, Superman, Louis, Jack, tout le chantier est comme ça. Tout le monde s'accoutume. On se la ferme. On vit comme ça vient.

— C'est qu'ils ne connaissent pas mieux.

— Peut-être, dit le vieux. Est-ce qu'ils ont seulement le choix ? Tous ou presque s'amènent, travaillent, ramassent de l'argent et, quand ils se croient riches, ils partent. Quelques-uns rentrent directement. D'autres s'arrêtent en cours de route et reviennent souvent sans avoir mis les pieds chez eux.

— Pourquoi ?

— Parce qu'ils ont honte d'avoir tout flambé au bordel ou à la taverne.

— Raison de plus pour ne pas trouver ça drôle.

— C'est même pas triste. C'est comme ça. Tu vieilliras comme tout le monde, et tu perdras tes illusions et les affaires que t'as apprises à l'école.

Je n'avais plus envie de lui parler. Après tout, parler ou pas dans ce maudit coin perdu ne changeait rien à ma solitude.

J'aperçus par la fenêtre Millette, qui allait vers mon camp. Autant le rejoindre et voir ce qui l'amenait.

Je le trouvai sur le seuil de ma porte, complètement essoufflé, l'œil bizarre. Il était nerveux comme un poulain.

— Commis, commis ! appelait-il. Tu sais quoi ?

— Qu'est-ce qui arrive ?

— Viens voir ça, ça va être drôle sans bon sens.

Il m'entraînait vers la forge, me tirait par la manche en me donnant des précisions :

— Émile avec une *plotte* ! Tu t'imagines ? Attends, tu vas en avoir pour ton argent. C'est incroyable. Le vieux maquereau s'en vient avec une *plotte*. À son âge. Il a dû la payer cher pour qu'elle vienne jusqu'icitte.

Je ne comprenais pas.

— As-tu envoyé de l'argent ?

— La semaine dernière, à une pauvre petite, m'avait-il dit. Sa bru, je crois.

— Maudit cave ! dit Millette. C'est pas sa bru, mais sa grue. Elle est venue l'année dernière et elle te le roule. Comme ça ! Viens voir par toi-même, maudit naïf. Allons !

Nous nous sommes retrouvés derrière la forge, où une fenêtre sans rideau nous permettait de voir.

La porte de la forge tout à coup s'est ouverte. Elle est entrée. Le père Émile suivait.

Le père Émile vivait dans la forge, où il s'était aménagé un petit coin à lui, derrière une corde de bois. Une caisse à beurre lui servait de chiffonnier. Un sommier, un matelas, un fanal accroché par une broche à foin à une poutre du toit, tel était son mobilier. Il vivait là. On ne le voyait qu'aux repas et il était si frugal qu'on s'étonnait toujours de le voir se lever de table avant les autres, après avoir à peine mangé un bol de soupe et une tranche de pain.

Il avait soixante ans, ou à peu près. Maigre, pisseux, le visage ridé et la bouche abîmée par le tabac à chiquer.

— Approche, approche, ordonna Millette, tout bas. Ils nous verront pas.

Le vieux a allumé le fanal, l'a suspendu à la poutre, tandis que la fille, impassible comme une actrice, se dévêtait complètement, indifférente et sans s'occuper du vieux, plaçant ses vêtements sur la corde de bois, au fur et à mesure qu'elle les enlevait. Elle n'était même pas aguichante. Elle semblait être là pour une autre raison, comme à un examen médical, agissant comme si elle avait été seule. Une fois nue, elle a secoué la couverture qui était sur le lit, d'où s'est échappé un nuage de poussière. Le vieux, lui, achevait de se dévêtir, offrant en spectacle une combinaison grise, crasseuse, jaunie à l'endroit qu'on devine. La fille ne l'a même pas regardé. Elle s'est couchée comme un animal, sur le dos, ouvrant les jambes tandis que le vieux s'étendait sur elle.

Je fermai les yeux, par pudeur ou par gêne, et tentai de m'en aller. Millette me tenait par le cou.

— Allons, reste, dit-il. Si je me retenais pas…

Je ne regardai pas plus pour cela ; la description détaillée qu'il me donnait suffisait :

— Ah ! le maudit ! Il est même plus capable ! Si c'est pas honteux ! Il bande même pas. Tu parles ! Moi qui me sens tout fringant ! Le maudit ! Mais qu'est-ce qu'il fait ? C'est pas possible ! Il dételle !

Je regardai et vis le vieux debout à côté du lit, avec son allure abominable, squelettique, les fesses molles, les jambes serpentées de veines bleuâtres. La fille le branlait comme si elle n'avait fait que ça toute sa vie.

Il s'est produit quelque chose. Le vieux s'était mis à pleurer.

Et la fille lui parlait en le menaçant du doigt. Il secouait les épaules. Et la fille se revêtait en continuant de l'enguirlander.

— Pas pour longtemps, toi, ma belle. Tu vas voir ce que tu vas voir ! s'exclama Millette. On va faire un petit tour…

— C'est dégoûtant ! m'écriai-je.

— Dégoûtant ? reprit Millette, sur un ton indigné. Pfoua ! T'es qu'une sainte-nitouche. Tu mériterais que je te fourre.

Je lui tournai le dos et regagnai mon camp.

Je fus poursuivi jusque-là par Millette, puis, plus tard, par le père Émile et la putain.

— Commis, donne-lui une avance, m'ordonnait Millette. C'est le vieux qui l'a dit.

— Combien ? demandai-je.

— Cent cinquante piastres, répondit le père Émile en séchant ses yeux, pour qu'elle parte au plus vite.

Pendant ce temps, la putain câlinait encore le vieux et lui disait :

— Pleurez pas, père Émile. Vous savez bien que ça va revenir. Je vous le dis !

— Lâche-moi, dit le vieux en repoussant sa main.

Le chèque fait, je le tendis à la fille, qui le prit en me jetant un regard de condamnée à son juge.

— T'auras bien ton tour, dit-elle.

Je ne compris pas. Que m'importait de comprendre ? J'ouvris la porte et les invitai tous à sortir.

En passant près de moi, Millette me confia :

— Je vais m'arranger pour pas que cet argent soit gaspillé. Après tout, si le père Émile paye et peut pas, moi je suis en pleine forme.

Je les vis descendre la colline comme ils l'avaient gravie, à la file indienne : la fille devant, Millette fermant la marche, les fesses serrées. Quand le vieux fut entré dans sa forge, Millette suivit la fille qui disparaissait en direction du portage.

Poussé par la compassion, je descendis à mon tour retrouver le vieux. Ce que j'avais à lui dire, je ne le savais pas, mais j'imaginais qu'il avait peut-être besoin de parler à quelqu'un et que lui, plus que les autres, devait souffrir terriblement de l'ennui. J'entrai donc sans frapper. Il était assis sur la corde de bois. À côté de lui, une bouteille de petit blanc dont la fille lui avait sans doute fait cadeau. Il jouait de l'harmonica. De grosses larmes lavaient ses joues crasseuses et perlaient sa moustache.

— Voyons, père Émile, pleurez pas comme ça !

Il se contenta de me regarder en reniflant.

— Vous avez un mouchoir ?

Il passa le revers de sa main sous son nez. Faisant de son mieux pour retrouver ce qu'il lui restait de dignité, il leva la tête, bomba le torse, me sourit comme à un complice, puis me tendit d'un geste décidé la bouteille.

Je fis signe que non de la tête. Il insista.

— J'ai pas le goût, père Émile. J'ai pas le goût.

— Comme tu voudras, dit-il.

Il s'envoya une bonne gorgée, toussa, remit la bouteille où il l'avait prise.

— Tu peux pas comprendre, toi ; t'es trop jeune encore.

Lui accordant le crédit de l'âge et le fruit des expériences qu'il avait certes accumulées, je fis un effort sur moi-même pour le comprendre et préjuger en sa faveur.

Sur quoi, il me toisa de ses yeux malins, petits et pétillants :

— J'ai déjà eu ton âge, tu sais ! Dans le temps…

Il ne poursuivit pas sa phrase, rêva, porta de nouveau la bouteille à sa bouche et but à même le goulot. Ce geste déclencha son éloquence.

— Dans le temps, on avait de la vie. Une bouteille comme celle-ci, le jeune, on te descendait ça en un rien de temps. Fallait nous voir, le samedi soir, dans le grand salon du père Millette, le grand-père de Phonse, nous taper sur les cuisses quand le violon faisait giguer, et reluquer les filles, les faire sauter et aller finir ça dans le foin, en douce, sans que les parents s'en rendent même compte. C'était le temps. Ouais ! C'est fini tout ça !

Il redevint songeur, ramena la bouteille à sa bouche et glissa un œil dans ma direction, sans doute pour mesurer l'effet que son récit produisait.

— Depuis la Louise, la vache ! il y a pas eu une chienne semblable dans tout le comté, recommença-t-il. Si je te racontais comment elle m'a eu, quand j'avais ton âge, avec ses grands yeux de biais, d'un bleu de bleuets, puis une bouche, mon petit gars, comme les filles n'en ont plus — et qu'elles aimeraient avoir parce qu'elles les barbouillent de rouge un quart de pouce tout le tour. Mais pas la Louise : c'était rouge nature. Bien moulée avec ça, les fesses hautes comme les négresses. Hein ? Tu vois pas ça, avec ton instruction ?

— Ça m'intéresse pas, père Émile.

— Ça devrait t'intéresser, petit criss. C'est bon à savoir, des histoires comme celle-là ; ça t'empêchera de faire comme moi.

— Mais, père Émile !…

— Et si ça t'arrivait, à toi, qu'une belle fille comme la Louise se déclare amoureuse, tout à coup ? C'est ce qui m'est arrivé à moi, et elle m'a même demandé en mariage. « Sacré fin, que je m'étais dit à moi-même. T'es pas pour refuser un aussi beau parti, hein l'Émile ? » On s'est mis à se fréquenter tous les bons soirs, pendant six mois, puis on a décidé de se marier le dernier samedi du sixième mois.

— Vous étiez vite en affaires !

— Comme je te dis : jusque-là, ça été parfait. J'avais rien vu. D'autant plus que je passais mon temps à la forge de mon père. Et je pouvais pas savoir. Comme je te dis, cinq mois après mon mariage, on avait un enfant. Pas à moi, bien sûr, à un autre. Et ça éclate, la vérité. Ceux qui avaient passé dessus pouvaient bien se taper sur les cuisses et rire dans leur barbe. Moi pas ! Mais j'ai été bon diable. J'ai rien dit. J'ai fait voir de rien. Et j'ai accepté ça, cette belle petite tête-là ; du vrai beau blé, toute frisée, avec des yeux comme sa mère. Or, la Louise, mon garçon, pour couper au plus court, était prise du démon. Elle avait le vice en elle. Elle ne pensait qu'à ça, coucher, puis coucher, puis coucher encore avec tout le monde, que c'en était une honte. J'ai bien fini par m'en rendre compte. Mais je patientais en dedans, je me disais à moi-même : « Toi, mes yeux de

bleuets, un matin je vais t'arranger ton affaire.» Ça
pas été long. Je l'ai prise sur le fait. Ni un ni deux —
habitué comme j'étais à tapocher sur le fer —, le gars
qui était là, un certain Paulhus, est sorti comme je te
dis, sans même avoir le temps de s'en apercevoir.
Puis ça été au tour de l'autre. Elle me regardait avec
ses yeux coupables. J'ai levé la main sur elle. Je l'ai
regardée. Je lui en ai descendu un coup sur la nuque
de toutes mes forces et je lui ai dit : «Tu l'as mérité.
T'es rien qu'une garce.» Je venais de la paralyser
jusqu'à ses vieux jours, et sans trop savoir comment
j'avais fait : si c'était le coup que je venais de lui donner ou la peur qui l'avait figée net. Elle est restée là,
sans bouger, sur le lit de la chambre. La petite s'est
mise alors à crier de son berceau. Moi, je l'ai prise
dans mes bras, avec sa belle petite tête ; puis je la caressais, je la caressais.

Le vieux s'était remis à pleurnicher ; je ne pouvais
plus l'entendre. C'en était trop. Je le laissai sur son
«caressais, caressais», qu'il répétait en feignant de
tenir encore dans ses bras l'enfant malheureux.

— J'ai pas fini. Écoute encore, commis, une
maudite belle histoire.

Il était trop soûl. Je lui tournai le dos et sortis. Il
avança jusqu'à la porte, comme pour me suivre.

— Ça suffit, père Émile. Faut que je rentre chez
moi. J'ai du travail, dis-je.

Démoniaque, il se mit à rire à gorge déployée,
tout en faisant virevolter sa main comme une fronde :

— Hé ! Hé ! je t'ai eu, petit criss de curieux !
C'était pas vrai. C'était une histoire pour rire, pour

rire de toi. Hein ? Pour qui tu le prends, le vieux père Émile ? Pour un fou ?

Je ne l'écoutais plus. Je courus jusque chez moi, où je me jetai à plat ventre sur le lit.

Je ne voulais plus être un homme. Je voulais être autre chose, sortir de ma carcasse, M'en débarrasser, me libérer de mon corps, de peur qu'il ne s'éveille et ne m'entraîne, un jour, à ressembler à Émile, à Millette ou à son fils.

Comme en rêve, j'entendis la porte de mon camp s'ouvrir, quelqu'un entrer, s'approcher de mon lit et s'y asseoir. Et je sentis une main se poser sur mes épaules. J'ouvris les yeux. Le sac aux lettres était à terre, à côté du lit

La main de Johanne. Elle me retourna sur le dos. Je restai là, à la regarder, honteux de pleurer devant elle mais ne pouvant me contenir.

Elle se pencha lentement et posa sa bouche sur la mienne.

❑

Je me suis éveillé beaucoup plus tard, sur mon lit, essayant de me rappeler comment, quand et pourquoi... Alors, je revis le sac aux lettres, la bouche de Johanne et puis tout : ses mains agiles déboutonnant ma chemise, ses caresses, ma stupéfaction, ma curiosité, mon étonnement, et le vertige, et la confusion.

La putain de Johanne, Millette et son Alphonse, le père Émile et sa chimérique Louise, le sac aux lettres, le cheval qui pleurait, l'harmonica, le sang qui injectait les yeux de Ligoris et, dans mon camp, mes vêtements épars sur le sol, la truie éteinte et la nuit profonde, affolante.

❏

Auguste l'a découvert, le lendemain matin, en allant ferrer son cheval.

Je me souviens du cri qu'il poussa, en sortant de la forge et en venant vers moi qui descendais à la cuisine.

— Commis, commis, il s'est pendu ! Le père Émile ! Viens voir ça ! C'est pas possible !

— Qu'est-ce que tu dis, Gus ? Le père Émile ? Pendu ?

— Viens voir, je te dis, je rêve pas !

Je me précipitai à mon tour vers la forge.

En effet, à la poutre. Avec une grosse corde.

Ce sont les pieds qui m'ont frappé. Ils étaient sales et tournés par en dedans. Il avait fait pipi dans sa culotte. Il avait mis chemise et cravate. Il s'était peigné. Et il lui était resté au coin de la bouche un sourire inoubliable.

Chapitre VIII

UNE LENTE SEMAINE s'écoula. Quand j'entrais dans la cuisine, je baissais les yeux pour ne pas regarder Johanne.

Discrète, délicate, elle feignait de ne pas se souvenir de ce qu'il y avait eu entre nous et continuait de me servir poliment, y apportant même un surcroît d'attention. Mais je n'en revenais pas encore. Il a fallu qu'un soir Superman me réconcilie avec moi-même, comme ça, en venant fumer sa pipe, ainsi qu'il lui arrivait de temps à autre.

Je m'étais confié. Il riait de moi, répétait : « P'tit cul, tu m'es sympathique », en me prenant par le cou et me communiquant son rire au point de troubler mes sentiments.

— C'est merveilleux ! s'exclama-t-il, quand je lui eus raconté ce qui m'était arrivé avec Johanne et ce qui avait précédé. Oublie tout ça, sauf Johanne : c'est du tonnerre ! De ma vie, j'ai rien entendu de pareil. Crois-moi, ça t'arrivera plus de retrouver une pareille bosse. Bon Dieu ! quand j'y pense. Ça, c'est une femme !

— Heu ! faisais-je.

— Tu comprends pas ? Elle t'a senti. Elle t'a deviné avec ses tripes. Si ça m'arrivait à moi !… J'ai toujours payé pour faire ça. Gratuitement ? Jamais ! Non : j'y crois pas. Et tu restes là, à rien comprendre ? Tant mieux, tant mieux ; tu comprendras assez vite.

Il tétait sa pipe et enchaînait :

— Quand c'est pas le bordel, c'est autre chose. Elles se vendent toutes pour cent cinquante piastres, comme la poule à Émile, pour la sécurité, pour un caprice, ou pour pas déplaire et par pitié. Les femmes connaissent ça, la pitié ! Par amour, mon vieux, c'est plutôt rare. On est habitués à tout acheter. À tout vendre. Criss, que t'es chanceux.

Ce qu'il pouvait m'en raconter, ce Superman. Et sur un sujet où je ne m'y connaissais guère. À la fin, l'interrompant, je demandai :

— Johanne, est-ce que ?…

— Imbécile ! Tu voudrais tout de même pas être le premier ? Voyons, il y en a déjà eu d'autres, même moi. Qu'est-ce que tu penses ?

— Quoi ? criai-je, révolté. C'est une putain ?

— Tss, tss, tss, t'énerve pas, t'énerve pas ! Qu'est-ce que t'as à redire ? Ça te choque ? C'est pourtant pas sa faute. Son père a été le premier. C'est lui, le responsable. Encore faudrait-il fouiller loin dans tout ça. Tu sais, moi, la responsabilité, j'ai jamais su très bien comment ça se mesurait ! C'est pas du bois !

Je l'écoutais, n'en croyant pas mes oreilles, me refusant à admettre cette horreur.

Superman poursuivait :

— Qu'est-ce que tu veux ! Elle était ici, à quinze ans, avec une gang d'hommes qui avaient des démangeaisons. Alors, la nature, mon vieux ! La vie, mon vieux ! Mais qu'est-ce que t'as encore ?

Je vomissais dans mon bol à laver.

— Voyons, ti-mousse, remets-toi, dit-il, me soutenant le front. Y a pas de quoi faire une indigestion !

— C'est pas ça.

— Qu'est-ce que c'est, alors ?

Je criai les mots de toutes mes forces, avec dépit, avec révolte, avec tous mes préjugés et toute mon innocence :

— Je l'aime !

— Ça ! Par exemple ! Si j'avais su, dit-il, contrit. Si j'avais su que t'en étais mordu, j'aurais fermé ma grande gueule.

— Non, non, j'aime autant savoir.

Superman me prit dans ses bras avec une tendresse de nounou, me consola comme il le pouvait, en répétant :

— Ne pleure plus, ti-mousse, t'es maintenant un homme. Ne pleure plus. Tu me fends le cœur. Tu sais ce que tu vas faire ? reprit-il soudain, me braquant droit devant lui par les épaules. Sais-tu ? Tu vas le lui dire, à la Johanne. Comme un homme.

Je me sentais ridicule. Si bête. Pourquoi lui avoir confié des sentiments d'adolescent ?

— Tu vas le lui dire ?

— Mais oui, je vais le lui dire. Je vais le lui dire, pour être aussi généreux qu'elle. Après tout, qu'elle ait fait ceci ou cela… puisqu'elle en a été justement capable, hein ?

Déjà nous recommencions de rire, tous les deux, de rire comme avant, inondés par la même joie : la gratuité de l'existence dont on prend conscience et qu'on déguste si rarement dans la vie. Presque toujours par accident.

Eh quoi ! Puisque je croyais aimer la Johanne, mon bouleau blanc…

Quand Superman fut parti, je demeurai songeur, appuyé au cadre de la fenêtre, surveillant les lampes du camp qui s'éteignaient une à une. La lampe de Johanne s'éteignit la dernière.

Elle a dû répéter le même geste, prendre la pointe de ses seins entre le pouce et l'index. Cette seule pensée me troubla. Je me défendis d'aller la rejoindre ou de lui faire signe de venir.

Je me couchai tôt ce soir-là, comme tout le monde, en me répétant : « Demain, je parlerai à Johanne. Demain… »

Des bruits de branches cassées.

Le vent jaloux pénétrait par la cheminée, fouillait le feu qui se tordait dans la truie. Je m'endormis avec l'écho de la voix de Superman : « T'es maintenant un homme. T'es maintenant un homme… »

Quelque chose se tordait également au fond de moi-même : un horrible mensonge.

❏

Le lendemain soir, après le souper, j'allai visiter Millette à son camp. Il était assis près de la truie et se berçait en fumant sa pipe. Des coussins de feutre jaune, tel qu'on en met sous les colliers des chevaux, dépassaient de la taille de son pantalon. Ça lui tenait les reins, prétendait-il.

Son fils, assis sur le bord du lit, tentait tant bien que mal d'enfiler une aiguille à repriser. Sur ses genoux, des bas de laine tout troués.

Le fanal, accroché à un clou, diffusait une lumière plutôt mesquine, toute vacillante et qui faisait vibrer les ombres.

— C'est pas souvent que tu viens chez nous, déclara Millette. Assieds-toi, commis. Tiens, là, sur la bûche.

J'approchai la bûche de la truie, ouvris la fermeture éclair de ma canadienne et, m'asseyant, sortis une pipe que je bourrai avec le *canayen* qu'il venait de m'offrir.

— T'as fini tes chiffres ? demanda-t-il.

C'était son expression pour désigner mon travail de compatibilité, dont je m'acquittais normalement le soir, quand le chantier s'était assoupi.

— Non, plus tard ; c'est demain que je dois envoyer le rapport. D'abord que la compagnie le reçoit pour le onze du mois.

— Ça balance ?

— Pas encore, mais ça va venir.

— Tu me diras si ça marche pas.

— Mais ça va marcher, Millette ! J'ai l'habitude. Et d'après les chiffres que j'ai, je vous dis que c'est un bon mois.

— Eh oui ! ça s'annonce bien. Ça va être une belle saison.

Le silence s'imposa quelques minutes. Le craquement du feu, les berceaux de la chaise de Millette et leurs crissements sur le plancher de pin. De temps en temps, le Phonse s'impatientait et proférait un sacre.

— Câlis, j'en reviens bien, moi, de repriser des bas !

— Envoye, envoye, le Phonse, répliquait le père. C'est bon pour ta patience et ça te fera les doigts.

J'ajoutai, profitant de l'occasion

— C'est tout à fait le travail qui convient à un fifi.

Il se leva pile.

— Mon petit criss de morveux, dit-il, je vais te montrer, moi !

— Voyons, Phonse, t'es bien à-pic.

— J'appelle plus ça à-pic, moi. J'ai un autre mot pour dire ça. Écoutez, Millette, à vrai dire je ne suis pas venu pour causer, mais pour vous avertir des agissements de votre fils.

— Mon fils ? Qu'est-ce qu'il a fait ?

— Ben, dis-je, retardant l'explication, je veux bien croire que Phonse aime les petits gars, mais je veux qu'il me laisse tranquille. D'abord, je suis pas de taille à me défendre.

— Explique, explique ce que t'avances, insista Millette.

— L'autre jour, je faisais la tournée des lots et j'ai rencontré Alphonse, comme ça.

— Écoute-le pas, son père, il a des visions !

— Des visions ? dis-je, en me levant. T'appelles ça des visions ? Et quand tu me prends dans tes bras, que tu me secoues comme une feuille et que tu m'embrasses avant de me jeter dans la neige, t'appelles ça des visions ? Moi, j'appelle ça un maudit cochon. Et c'est ce que t'es !

— Ah ben, torrieux ! s'exclama « son père ». Il manquerait plus que ça. J'ai rien qu'un fils et il faut qu'il soit vicieux et malfaisant !

Blême, il se leva. Sa verrue rougissait. Il s'avança sans mot dire vers Alphonse, qui, si fort qu'il fût, se recula sur son lit, évidemment inquiet de ce qui allait suivre.

— Viens dehors une minute, qu'on se parle, ordonna Millette.

— Écoutez, dis-je, essayant de retenir le père.

— Toi, le commis, tu vas fermer ta gueule. Des histoires comme tu viens de m'en raconter, je veux plus en entendre. Je t'ai parlé, Phonse !

— Laisse-moi le temps de mettre mes bottes, dit-il (ce qu'il faisait lentement, histoire d'étirer le temps).

Comme il s'apprêtait à lacer ses cordons de bottines, Millette ouvrit la porte et trancha d'un ton sec :

— T'attacheras ça une autre fois. Pour ce que j'ai à dire, c'est pas la peine d'être chaussé. Arrive !

Une masse d'air frais entra dans le camp. Alphonse suivit son père. Ses bottes, lâches, claquaient et les lacets fouettaient le plancher.

— Et ferme la porte ; tu gèles le camp.

Alphonse s'exécuta, mais Millette me somma, avant que la porte se referme :

— Toi aussi, commis, viens.

J'avais à peine mis le nez dehors que je vis Millette, toujours sans chemise et que la colère et la honte rendaient insensible au froid, se planter droit devant son fils. Vif comme l'éclair, il lui assena une taloche.

— Voyons, son père, c'était pour rire.

— À l'hôtel aussi, je suppose ? ajoutai-je. On sait bien ; c'est pas toi qui as dormi sur une chaise.

— Voyons, dit encore Alphonse.

Son père ne l'entendit pas ou fit comme si, lui donnant coup sur coup de fortes claques et les inventoriant toutes :

— Un petit bec, hein ?

Et pan !

— L'hôtel, hein ?

Et pan !

Finalement, il cria :

— Mais t'as pas honte, non ?

Alphonse ne se défendait pas. Élevé à respecter son père, si celui-ci l'avait tué sur-le-champ il se serait peut-être laissé faire ou alors contenté de dire : « Voyons, son père » de sa voix mielleuse. Il marquait donc les coups en geignant, tandis que Millette, de plus en plus rouge, sacrait à pleine voix.

Le *cook* et Johanne sortirent sur le seuil de leur porte pour voir ce qui se passait. Superman, qui remplissait les fanaux des camps, vint aussi.

— Suffit, Millette, calme-toi ! cria-t-il car, même ignorant la cause de l'incident, il connaissait assez le *jobber* pour savoir qu'en colère il pouvait assommer son homme. Arrête-toi, Millette !

Millette saisit alors son fils par les épaules, le souleva presque aussi aisément qu'Alphonse m'avait soulevé et le projeta à quelques pieds plus loin dans la neige.

On entendit le bruit de la chute, un juron, puis le silence, interrompu par le claquement de la porte de la cuisine que le *cook* ou sa fille venait de refermer.

Reprenant son calme avec une maîtrise qui m'étonna, Millette porta son regard vers la cuisine et nous y invita, Superman et moi, à boire un café.

Ce que nous fîmes tous deux sans nous faire prier.

Avant d'entrer dans la cuisine, je regardai en direction du camp de Millette. La tête basse, Alphonse secouait la neige dont il était couvert en sautant et se donnant de grandes tapes.

— T'occupe pas de lui, dit Millette qui s'aperçut que j'observais son fils. S'il va pas aux filles après ça, conclut-il avec ironie, c'est qu'il est malade. On trouvera bien moyen de le soigner.

Superman venait d'ouvrir la porte. La senteur propre de la cuisine vint, avec sa chaleur, nous apaiser un peu. La Johanne apparut, son père assis en face d'elle. Devant eux, des cartes exerçaient leur patience.

— Il y a encore du café ? demanda Millette.

— Je vous sers tout de suite, dit Johanne en se levant. Asseyez-vous.

— Laisse, je m'en charge, offrit Superman. Pour une fois que je renverse les rôles. Assieds-toi, commis, là, à côté de Johanne. Je viens tout de suite.

Il passait la *dish*, commençait de verser le café.

Je m'assis près de Johanne, qui, pour me faciliter l'accès, recula le banc sur lequel elle était assise. Millette alla s'asseoir face à moi à côté du *cook*, qui recula comme sa fille et me fit un clin d'œil complice en louchant du côté de la Johanne. Je me sentais mal à l'aise.

Superman apporta le café. Une fois le sucre et le lait ajoutés, chacun prit sa cuillère, agita le breuvage et posa de nouveau la cuillère sur la table, avec un petit bruit sec.

— D'abord qu'on est tous là, commença Millette, en sortant une enveloppe de sa poche, on va pouvoir parler. Tiens, j'ai reçu ça de la compagnie.

— Ah ! dit le *cook*. Ça nous regarde ?

— Oui et non, dit Millette. Je suis pas sûr d'avoir compris mais, avant de prendre une décision, j'aimerais savoir.

Il tendit la lettre, me priant de la lire à haute voix. Ce que je m'appliquai à faire sur-le-champ. Au moment où je dépliais la feuille de papier, le pied de Johanne frôla le mien ; puis elle glissa sa jambe le long de la mienne, avec un mouvement de son corps comme si elle avait voulu lire en même temps que moi.

— C'est écrit en anglais, constatai-je.

— Lis-la quand même, dit Millette. T'es là pour ça.

— Ouais mais je comprends pas, ou si peu !

Superman tendit la main :

— Donne, je vais essayer de traduire.

Il approcha la lampe qui était sur la table et, renvoyant ses cheveux derrière ses oreilles, commença de lire à mi-voix, marquant sa lecture de « ouais, ouais ». Puis, quand il eut fini, il replia gravement la feuille de papier et resta songeur.

— Alors, demanda Millette, j'avais compris ?

— Tout dépend si t'as compris.

— Alors ?

— Les immigrants, dit-il.

Tous de répéter :

— Les immigrants.

— Paraît, expliqua Superman, que le gouvernement en fait venir des bateaux pleins et qu'ils sont tous là, au bassin Louise, à Québec, à attendre qu'on leur fasse signe.

— Je comprends pas, dis-je.

— C'est pourtant simple.

— Des *DP*, murmura le *cook* hochant la tête. Si je m'attendais à ça !

— Eh oui ! c'est écrit, dit Superman en remettant la lettre à Millette.

— Non ! je veux pas de ce monde-là à ma table, renchérit le *cook*.

— Voyons, son père, protesta Johanne. C'est du monde comme nous autres.

— Comme nous autres ? C'est que tu les connais pas.

— Ton père a raison, ma fille, renchérit Millette. Ils sont pas pareils. J'en sais quelque chose.

— Tu te trompes, protesta Superman. J'en ai connu, moi. Ils étaient bien mieux que nous autres, et mieux instruits, et ils savaient parler.

— Je veux bien croire, coupa Millette, mais je les connais ! Imagine-toi que c'est pas tout de savoir parler. C'est pas ça qui fait des hommes, encore moins des bûcherons. Tiens, en 14-18, j'étais en France ! Pour la fin de la guerre. Plus cochons qu'eux ça se voyait pas.

— Je vous crois pas, protesta Johanne. Au camp 5, ils en ont pris trente. Depuis ce temps-là, tout le monde couche dans des draps et ils ont des couvartes de flanellette.

— Admettons que tu dises vrai, acquiesça son père, en portant la *dish* à sa bouche. Ce que t'ignores, c'est que, sur les trente, il n'en reste plus que dix.

— Je savais pas, dit-elle. Et pourquoi ?

— D'abord parce que ce sont des gars comme le commis, avec des mains blanches.

— Quoi ? dis-je. Qu'est-ce que vous avez contre mes mains blanches ? Vous avez pas regardé les vôtres.

— Fâche-toi pas, c'est pas ce que je veux dire. Les *DP* ont des mains comme moi et toi, mais ils sont capables de tenir une hache avec et de couper assez de bois pour gagner leur croûte.

— C'est pas bête ça, *cook*, approuva Millette.

— Pas bête certain. Si je te disais qu'ils ont même envoyé des futurs docteurs ?

— T'exagères, l'arrêta Superman. Je sais à quoi m'en tenir là-dessus. Si ça continue, vous allez me faire croire que le gouvernement va nous envoyer des savants, puis, je sais pas, tant qu'à y être, des cargos de professeurs !

— Tiens, ça serait pas si mal, dis-je, en riant. Nous pourrions prendre les nôtres pour bûcher ; ils sont pas encore sortis des bois !

— Garde tes farces plates, m'interrompit Superman. Tu te rends pas compte que ces pauvres immigrants sont obligés de travailler deux ans dans les chantiers avant de pouvoir faire autre chose. Tu trouves pas ça honteux ?

— Tout ça c'est bien beau, réfléchit le *cook*, mais sache que, dans la gang du camp 5, un soir, ils ont poigné deux Belges qui avaient collaboré avec les Allemands. Je comprends pas grand-chose à ces histoires-là mais, d'après ce qu'on m'a dit, c'est grave. Il y a eu une chicane et les Belges y ont vu leurs dernières étoiles. Le *jobber* Saint-Arnault a été obligé de trier dans le tas et d'en jeter cinq ou six dehors.

— Ça veut pas dire qu'ils sont tous comme ça, conclus-je.

— Non, mais je suis pour qu'on prenne pas de chance, dit Millette.

Il ajouta, songeur :

— Est-ce que j'ai seulement le choix ?

Là-dessus, le *cook* se leva de table et poursuivit :

— Je suis pas d'accord, mais pas d'accord pantoute. Ces gars-là vont s'amener ; il va falloir s'occuper d'eux. Une fois qu'ils sauront comment faire, ils vont prendre nos jobs. Le *choreboy* du 5, paraît qu'il fait tellement bien la cuisine qu'on mange comme en

France et que Saint-Arnault songe à le prendre comme *cook* quand l'autre aura fini son contrat.

— Eh ben, c'est le temps de changer de camp, s'esclaffa Superman, si on mange si bien que ça !

— Toi ! coupa le vieux.

— Ris donc un peu, répliqua Superman. C'est bon pour la rate et tu nous feras manger un peu moins de vache enragée.

— Écoutez, intervint Millette, c'est pas le temps de vous chamailler. La lettre dit qu'il faut en prendre. Nos discussions changeront rien. On va en prendre une petite gang ; on les fera venir un peu avant la drave et puis ça va aller. D'ici ce temps, on se sera fait une idée.

Tous se turent là-dessus, chacun pesant le pour et le contre de la lettre et ses conséquences.

Je me réjouissais intérieurement. Je savais, d'après les commentaires d'autres commis, que la vie de leur chantier avait totalement changé dès lors qu'il y avait eu des immigrants. Quelquefois, dans le camp des hommes, après la distribution du courrier, il surgissait des conversations fort intéressantes sur des sujets nouveaux. « Si tu savais comme ils sont civilisés », m'avait même dit l'un d'eux.

On se leva silencieusement, sur un signe de Millette.

Les bonsoirs échangés sur différents tons, Johanne vint nous reconduire. Elle me sourit, ferma la porte et glissa le verrou.

De mon camp et de celui de Millette, rayonnaient des lueurs jaunes comme sur les cartes postales. On se sépara tous trois, chacun dans sa direction.

Une fois là-haut, je remplis la truie, allumai une cigarette, fis le plein de naphte, pompai la lampe et m'installai à ma table de travail pour terminer le rapport du mois.

Entre deux additions, je me surprenais à rêver à ce que serait la vie de chantier quand les immigrants la composeraient avec nous. Peut-être m'ennuierais-je moins ? J'imaginai des gars assis à terre, tout autour de la truie, et devisant de la dernière guerre, de ses conséquences. Nous échangions des idées. Je me faisais un nouvel ami, comme Superman, mais avec lequel j'apprenais autre chose et la vie sous d'autres aspects...

Mais le printemps était encore loin. Trop. D'ici là, je devais encore compter sur ce qui était : nous, comme nous étions ; le chantier, comme il était ; prisonniers de la White et des épinettes.

Chapitre IX

AUJOURD'HUI, je sais qu'il était stupide de me prétendre homme parce que j'avais connu une femme ou, dans mon cas, parce qu'une femme m'avait connu.

Je ne pouvais mûrir qu'avec et par l'amour. Ce m'était trop facile de connaître sans aimer ou de prétendre être amoureux pour justifier mes désirs. Mensonge encore. Et qui ne s'est mépris ?

Je n'étais pas un homme. J'allais le devenir et y mettre le temps, comme à peu près tous les adolescents, jusqu'à ce qu'un jour je choisisse de changer de crise, ou que la vie choisisse pour moi. La grande crise. Elles sont toutes grandes et je ne voulais pas les refuser comme ceux-là qui les ont évitées pour glisser directement dans la vieillesse. Des prématurés. Beaucoup trop de vieillards prématurés et qui n'ont que vingt ans.

Et le courage ? Fallait-il en avoir pour m'avouer à Johanne ?

Il faisait gris. La cuisine sentait le pain. Nous étions seuls, elle et moi, son père nous ayant laissés, contrairement à son habitude.

L'assiette blanche sur la nappe à carreaux. Le bol à café fumant, les œufs traditionnels. Une lourdeur. Je ne pouvais pas parler. Je venais de saisir quelque chose. Johanne là, devant moi, avec ses dents jaunes. Johanne avec ses yeux incolores. Johanne tentée de m'aimer. Je n'étais pas amoureux d'elle, mais de son corps. L'idée de lui dire : « Johanne, je vous aime… » Mensonge que tout cela. Le lui dire, c'était lui laisser entrevoir la possibilité du mariage des corps, cette cruelle éternité sur laquelle l'amour agonise.

« Johanne, je vous aime pour votre corps. Je vous aime parce que je ne veux plus me masturber. Je vous aime parce que je suis seul. Je vous aime parce que je m'ennuie. » Voilà ce que j'aurais voulu avoir l'honnêteté de lui dire, en mangeant lentement mon déjeuner.

Soudain, je l'imaginai à mon bras : nous entrons chez mes parents, je leur annonce : « Voici Johanne. Elle m'a aimé. »

Mon père, ma mère, la famille entière crie au scandale, au déshonneur. Je rougis et me range de leur côté, en me taisant devant elle. Ils ont des principes qu'il faut respecter. Ils s'appuient sur du solide, eux : l'institution.

Pourquoi me voir dans une telle situation, ne fût-ce qu'un instant, puisque je n'aimais pas Johanne ?

Elle était là. Se taisait. Si elle avait pu m'arracher du ventre avec ses mains agiles, mêlant mes aveux à ses caresses, les mots que, honnêtement, je refusais de lui dire…

— Johanne…

— Vous m'avez parlé ?

— Je vous remercie, dis-je.

— De quoi ?

— Le sac aux lettres. D'être allée chercher le sac aux lettres l'autre jour.

J'ajoutai, après un instant de silence :

— De vous être arrêtée chez moi, précisément ce jour-là, et d'avoir ouvert ma chemise, de m'avoir consolé, de…

— Taisez-vous, dit-elle. Parlez plus de ça.

Elle rougissait.

Nous nous sommes tus et, après avoir déjeuné, je lui avouai :

— Mon malheur est de vous désirer.

Elle baissa la tête et sa longue main, glissant sur la nappe, agrippa la mienne. Nous nous sommes intensément regardés.

— Je vous désire et j'ai peur que vous ne vous mettiez dans la tête que je peux vous aimer. Je ne sais pas comment expliquer ça. Trop de choses s'y opposent : mon milieu, mon éducation… Comprenez-vous, Johanne ?

Elle baissait toujours la tête, tenait toujours ma main.

— Et si je vous demandais que de me désirer ? m'interrompit-elle.

— Vous désirer ? Mais je ne veux pas que vous serviez qu'à ça et que nous ne soyons que ça. Peut-être suis-je puritain, trop naïf, continuai-je, avec des mots nouveaux, un ton inhabituel, empesé. Le désir, dites-moi, Johanne, ne vient-il pas avec l'amour ?

L'amour ne le précède-t-il pas ? Le désir seul, Johanne, pourquoi ?

Elle se leva, toute droite, dans une grande colère.

— Épais ! hurla-t-elle, les joues rougissantes. Te prends-tu pour saint Paul ? T'es comme tout le monde, non ? Je te demandais rien. Je m'offrais ! Pour qui te prends-tu ? répétait-elle. Ça te sert à quoi, d'avoir une queue ? À faire des phrases sur ton milieu, ton éducation ? Qu'est-ce que tu veux que j'en fasse ? J'ai le mien, de milieu, et je sais m'en servir. T'aurais dû te faire curé, avec ta morale et tes bla-bla. Monsieur a de l'instruction ! Je te demande rien. Tu comprends donc pas que je te donne quelque chose ?

Elle tira sur la nappe et répandit la vaisselle, qui se cassa avec un bruit sec. Elle se mit à sangloter.

Je la pris dans mes bras sans même hésiter. Sa chaleur, sa faiblesse et son désespoir entrèrent en moi.

Seule, croyant n'avoir qu'un corps à offrir… et moi je le refusais, plus amoureux de l'amour que d'elle.

Pourquoi alors l'ai-je embrassée ? Une autre voix que la mienne, une voix qu'elle connaissait et qui venait de mon ventre, lui donna rendez-vous.

Nous commençâmes, ce jour-là, de nous connaître avec une régularité démoniaque. Tous les après-midi qui suivirent nous allions, l'un ou l'autre et parfois ensemble, chercher le courrier ; puis, de retour, laissant le sac aux lettres sur le seuil même de la porte, nous nous livrions notre solitude, notre ennui, nos faiblesses et recherchions l'illusion de la mort.

❏

Et le paysage s'y prêtait, de toutes ses épinettes noires. Le paysage. Ce maudit soleil comme un témoin gênant qui dardait ses rayons tous les jours de beau temps sur les flancs nus de Johanne. Et le vent qui hurlait mon désarroi, ma honte, me rendant chaque jour de plus en plus ennemi de moi-même, en contradiction avec moi-même, avec mon passé, une éducation, des principes, des valeurs, des mythes…

Et pourtant, chaque jour j'attendais ce moment qui seul pouvait calmer mon déchirement.

Dieu ! que de cris sortis de cette bouche, que de fois ses ongles dans mes épaules m'ont arraché à moi-même avec une gourmandise incontrôlable. Ses mains partout, possessives ; sa langue me fouillant ; nos étreintes sans autre issue que l'amour de la passion et de l'étreinte. En venir à aimer mon mal, ces instants, ces délires, ce chaos du corps et de l'âme !…

Et le corps de Johanne de plus en plus beau, de plus en plus épanoui, s'offrant à pleine source. Les pétales ouverts, les yeux renversés et extrayant mon souffle.

Que j'ai aimé le corps de Johanne ! Que je me suis haï d'aimer le corps de Johanne !

Et, dans tout cela, le fantôme de ceux qui l'avaient connue. Et ma haine. Sans parler de son maudit père qui avait joui d'elle.

«Ce sera fini, Il n'y aura plus que moi. Que nous. L'un et l'autre découvrant la dimension du sexe, sa naissance et sa mort.»

Mais je ne m'épanouissais pas dans cette union dont l'amour était absent. Je me masturbais encore, mais en elle et d'une manière différente. Je n'étais pas sorti de moi-même. Elle ne pouvait pas m'en sortir. Elle était là : objet vide d'âme et de cœur. Une chose. Une chose que j'aimais.

Chapitre X

L E MOIS DE MARS fondait avec la neige. Les jours, tous semblables, surprenaient avec leurs événements, comme l'histoire du cheval de Joseph ou de Ligoris ou celle du père Émile, notre histoire à Johanne et moi qui n'en finissait plus.

Il y avait encore des épinettes, autant qu'on en tuait. On aurait dit qu'elles jaillissaient du sol, par vengeance, à mesure qu'on les coupait. Et le soleil ne continuait pas moins de s'en mêler.

Je ne l'ai jamais tant détesté. Parce qu'il était la lumière, qu'il symbolisait ce que je ne possédais pas et désespérais de posséder. Il me rendait malade. Au moins, quand le temps était gris, ça nous ressemblait à tous. Ça allait si bien avec notre brouillard intérieur.

Après le souper, j'allais visiter le camp des hommes et ressasser les cendres de mon ennui. J'écrivais, pour ceux qui ne savaient pas écrire, des lettres aux parents et aux amis. Je lisais celles qu'ils avaient reçues. C'était une séance grave, profonde, imprégnée de chaleur humaine. Nous nous asseyions autour de la grosse truie qui grognait. Je prenais sur mes genoux les enveloppes décachetées.

— Ronald, disais-je.

— C'est pour toi, Ronald, répétaient les hommes avec des petits hochements de tête, le poussant du coude pour qu'il prête l'oreille.

Je lisais :

— Mon cher Ronald, c'est ta mère qui écrit. Ta mère qui pense à toi, toute seule dans la grande cuisine d'hiver avec la chatte qui a eu ses chats. Trois chats noirs comme elle. La cousine Louise en veut un, et la Catherine, tu sais la Catherine à Gaston, en veut un aussi. Je leur dis d'attendre parce que la chatte est à toi et je peux pas donner les chats sans t'en parler. J'ai pensé que tu aurais besoin de ton chandail rouge. Alors je te l'envoie pour que tu le mettes et gèles pas. Couvre-toi bien. Tu sais que ton père a crevé comme ça, le pauvre, de refroidissement. Aussi tu trouveras du sucre à la crème. J'en ai fait dimanche dernier. Je t'envoie ça avec le chandail.

— On va se sucrer le bec en tabarnac, se réjouit Superman qui s'en léchait déjà les lèvres.

— De même que je voulais te dire, continuais-je de lire sans m'occuper du rire des hommes, de pas oublier ta prière tous les jours. C'est très important et ça pourrait aider, ce printemps, pour les semences. Je pense à toi. Je t'embrasse. Ta mère qui t'aime bien. Écris-moi et envoye-moi de l'argent.

Ronald écoutait sérieusement, la tête appuyée sur la poitrine, la cigarette aux doigts.

Toutes les lettres se suivaient avec leurs nouvelles disparates : « … La vache a fait un veau… La voisine sort avec le Louis à Jean… T'en vas pas dépenser en ville tout ce que t'auras gagné… Ernest veut se marier. » Puis les reproches, les recommandations, les potins, les cancans du village.

Après avoir lu les lettres, il fallait répondre à toutes, ou presque. Des réponses brèves, télégraphiques : « Je travaille fort… Il fait pas chaud… J'ai besoin d'une autre paire de bas… »

C'était tout. Parfois, quand la lettre m'était dictée confidentiellement, on se hasardait à glisser (ainsi le faisait Auguste) un mot sur le désir. Il disait toujours en terminant : « J'ai bien hâte de t'étendre sur le paillasson », achetant ma complicité d'un clin d'œil. Je lui souriais et écrivais ce qu'il venait de dire : « Pail-las-son ».

Cela fait, je demeurais avec eux pour ne pas me retrouver encore seul dans mon camp. Tandis que je prêtais une oreille distraite à ce qu'on racontait, mon regard errait sur ce désordre d'homme : les bas humides et puants, suspendus à des broches à foin tendues d'une poutre à l'autre ; les chemises sales, imprégnées de sueur et décolorées sous les aisselles ; les valises ouvertes livrant leur fouillis.

Il y avait toujours des hommes épars sur leur lit, le torse nu, la tête appuyée sur les oreillers crasseux. De temps à autre, l'un d'eux écrasait un pou en disant : « Tiens, un autre de mort » et se remettait à sa rêverie comme si de rien n'était. On jouait de l'accordéon, de l'harmonica ou de la bombarde. Et on fumait, le regard vague.

Soudain, un crachat opaque partait d'un coin du camp et allait s'abattre sur la truie. Ça se mettait à bouillir, puis à sécher en grésillant. De tous les coins, ça partait, tant de crachats qu'elle en était vernie : d'un vernis qui sentait le brûlé. Quelques bûcherons, plus instruits que les autres, lisaient des bandes illustrées, « Les Aventures de Tarzan » que leurs parents découpaient, bande par bande, de jour en jour, dans les journaux et collaient, image contre image, avec un effort de symétrie, dans de vieux cahiers d'écolier. Et tout ce monde-là se levait mécaniquement, avec une régularité de vessie normale, pour aller pisser à l'entrée du camp, dans la belle neige blanche. Il y avait, la durée de l'hiver, des taches sur la neige, comme des signatures. Autant de points jaunes qu'il y avait d'hommes. Parfois des dessins : les plus jeunes qui s'amusaient avec leur jet.

Ça n'enlevait rien à mon ennui. Au contraire. Et je pensais à cette phrase que j'avais lue quelque part, en cachette : «L'homme pisse avec un sentiment d'éternité.»

Si mon éternité allait être celle-là ! Celle de cette vie-là ! L'ennui à jamais, comme un jet continu. Le laisser se coller à moi comme une pelure d'oignon ?

Chapitre XI

— Fait fret, hein, commis ? dit Auguste en me voyant passer sur son lot sans m'arrêter.

— Pas mal mordant. C'est à nous arracher des larmes.

Il ne se doutait pas, lui qui y était habitué, qu'il suffisait que le thermomètre baisse sous zéro pour que le froid me soit comme un chagrin et produise le même effet physique : une larme aura tôt fait de glisser de ma joue au revers de ma canadienne et, là, de s'y fixer en frimas.

— Comme ça, tu t'arrêtes pas un peu ?

— Je pense que je vais me rendre jusqu'au lot de Jack, j'y suis jamais allé.

— Ah, le rumineux ! Comme ça, continua la commère, c'est que tu dois avoir des choses à lui dire ?

— Tu penses, Gus ! Pas plus qu'à toi. Il a bien le droit d'avoir de la visite, tu crois pas ?

Auguste ne répondit pas. Il reprit sa hache et commença d'ébrancher une épinette.

— Salut, Gus. J'arrêterai peut-être en repassant.

Il leva la main en guise de salut et se remit à l'ouvrage.

À mesure que j'avançais dans le sentier couvert de la dernière bordée de neige, porteuse des seuls pas de Jack (qu'il faisait grands), j'entendais la cognée retentir et son écho se répercuter au loin.

Je tentai alors, histoire de m'amuser, de marcher dans les traces de pas, en levant les pieds bien haut et en m'obligeant presque à courir pour parvenir à placer les pieds dans les empreintes modelées dans la neige lourde et molle.

Il faisait bon. Pas un cri d'oiseau, même pas un battement d'ailes, si fréquents pourtant quand on marche en forêt. Un silence à peine coupé par l'écho des coups de hache quand le vent les amenait. Et le froid chargé d'humidité, le vent pénétrant par saccades, tout entier, à me secouer de frissons pires que ceux causés par la fièvre et tout autant incontrôlables. Le froid du nord, à White River. L'humidité de White River. Et finalement : un pincement du bout du nez et un filet de morve qu'il faut couper avec sa mitaine.

Je dus mettre cinq bonnes minutes avant d'atteindre le lot de Jack que j'entendais bûcher plus loin.

Quand il m'aperçut, il réagit avec l'indifférence d'un habitué à mes visites. Pourtant !

Il s'assit sur une corde de pitounes, mit les mains sous les aisselles pour les y tenir au chaud. Il me regarda venir. J'avais beau lui sourire, il ne souriait pas. Peut-être ne me voyait-il pas, trop absorbé par ses problèmes, son monde à lui. Et bien malin qui aurait pu y pénétrer.

— Eh ! Jack, ça va ? dis-je en me juchant près de lui.

— Hum ! fit-il.

Je me demandai, inquiet tant je souhaitais le connaître mieux, ce que pouvait signifier ce « hum ».

— Tu travailles pas ? risquai-je.

— Un *break*, répondit-il.

— Tu fumes ? demandai-je, lui offrant mon paquet de tabac.

— Laisse faire, j'ai le mien.

Il retira les mains de ses mitaines, laissant toutefois celles-ci sous ses bras pour qu'elles ne refroidissent pas, fouilla dans sa poche de vareuse et en retira un paquet de tabac à rouler.

— T'aimerais pas mieux une toute faite ?

Il hésita quelques secondes, sembla réellement condescendre et en accepta finalement une, qu'il alluma après avoir allumé la mienne. Il jeta l'allumette dans la neige sans l'éteindre.

À ce moment précis, j'éprouvai un choc. Me mis à trembler. M'efforçai de ne pas le laisser paraître. Ce que je venais de voir ne tenait pas du rêve. C'était l'empreinte d'une autre botte. Non la mienne. Plus petite. Encore moins celle de Jack donc, qui avait les pieds plus grands que les miens. Non. Gelé, transi, assis à côté de Jack, je reconnaissais l'empreinte du pied de Johanne.

J'aimais bien Jack et c'était ce qui m'avait conduit jusqu'ici. En un instant, ce fut du passé.

— On s'ennuie pas trop, hein ? dis-je, d'un ton acide.

— Jamais, répondit Jack. Ou si peu.

— Encore moins quand on a de la visite ?

— Pour les fois. On peut les compter sur les doigts d'une main, répondit-il.

— On dit souvent ça pour cacher quelque chose.

— Moi ? Mais qu'est-ce que tu veux que je cache ? J'ai jamais rien eu à cacher.

— À moins que ce soit une femme ? lançai-je.

Il se mit à sourire froidement, donnant l'impression de me deviner. Conservant son mutisme, il regarda là où je regardais, c'est-à-dire l'empreinte de la botte de Johanne, dans laquelle l'allumette s'était éteinte sans s'être consumée.

— Et Johanne, dis-je, c'est personne ?

Il se contenta d'articuler après moi le beau nom de Johanne, avec une absence dans le regard, un refus de communiquer, presque une invitation à m'en aller. Comme je m'exécutais, sautant à bas de la corde, il demanda, prouvant combien nous étions loin en pensée l'un de l'autre :

— T'es pressé ?

— Faut que je rentre.

— Tu reviendras si le cœur t'en dit, m'invita-t-il. Moi…

Il sauta lui aussi à bas de la corde et, perdant pied, s'affala dans la neige, écrasant les empreintes témoins.

J'eus tôt fait d'en trouver d'autres, que je m'appliquai à suivre tout en lui criant :

— Salut, vieux !

— Eh ! dit-il, où vas-tu comme ça ? C'est pas le bon chemin !

— Par là, répondis-je en désignant les traces. Je le retrouverai bien.

— Tu te rallonges.

Je levai la main, haussai les épaules et, d'un pas à l'autre, je courus dans les empreintes de Johanne à des explications d'amoureux que, amoureuse, elle ne saurait me refuser.

Je n'étais pas jaloux. Je le jure. J'étais inquiet, tant le Jack était beau et fort et tant Johanne était assez simple pour ne s'arrêter qu'à cela. Préférer son monde au mien, moins accessible peut-être, ou vérifier, comme toute femme comblée et supposée satisfaite, si un autre peut faire mieux, donner davantage. Exercer son pouvoir de femme. User de mon inquiétude pour me rendre plus viril, m'exciter davantage et me provoquer à la mieux prendre encore ? Susciter des jeux nouveaux nous écartant des plis de l'habitude, aller jusqu'à se servir de Jack pour m'obliger, contre moi-même, à réviser ma façon de l'aimer et me forcer à succomber à la tentation du mariage ?

Je la détestais soudain et pourtant voulais la reprendre. Peut-être s'étaient-ils connus, là même, sur la corde de bois où je venais de m'asseoir ? Et puis encore — ô paradoxe — la rejoindre et lui dire : « Johanne, j'ai besoin de toi. Mon cœur ne va plus. Il songe à hier, quand toi et moi nous… »

Marcher dans les traces de celle dont on croit avoir besoin. Tout bas, se tourmenter. Souhaiter tellement être apaisé par cette main qui, lorsqu'elle le veut et pourtant inconsciente, retrouve cette tendresse de jouer dans mes cheveux aussi mêlés que les idées dans ma tête.

Peut-être suis-je jaloux ?

Sur la corde de bois, mais ce sont eux ! je les imagine en train de mêler leur haleine, de respirer au même rythme qui va si fort, si fort, épuisant. L'imagination veut que je les entende, que je les voie devant moi, s'étreignant, surveillés sans l'être par les épinettes et ce maudit soleil qui n'en dira jamais rien. Puis, comme si elle me devinait soudain, là, sur le point d'apparaître, elle retient par culpabilité le petit cri suppliant de la passion qui demande au plaisir de rester là, de ne pas s'éteindre, de s'éterniser.

Et je souris pour eux, grimace pour moi-même.

Une perdrix prit son vol. Je me ressaisis et je respire. Eux, respirent-ils moins bien ?

Les traces de pas de Johanne me conduisirent finalement derrière la forge. En passant, je jetai un coup d'œil. Il me sembla voir le père Émile, illuminé par le charbon rouge, marteler une barre de fer. Je poursuivis ma route sans m'attarder, m'efforçant d'oublier les souvenirs du pendu, et je gravis la pente jusqu'à mon camp sans m'arrêter à la cuisine.

Elle m'attendait, couchée sur mon lit, les genoux remontés à hauteur de poitrine et les bras croisés par-dessus.

— C'est toi ?

— Tu vois bien, dis-je.

— Ça fait longtemps que je t'attends.

— Ça m'étonne, avec le détour que t'as fait.

— Comment ? Quel détour ?

Je suspendis ma canadienne par-dessus une chemise sale, à un clou, enlevai mes bottes et mes gros bas de laine que je fourrai dedans, plaçai le tout près de la truie puis m'assis sur le lit à côté d'elle, qui se glissa plus au fond.

— Tu réponds pas, demanda-t-elle. Quel détour ?

— Dis, Johanne, qu'est-ce qu'il y a entre Jack et toi ?

Elle éclata de rire, se déployant toute sur le lit, se retournant sur le dos comme une chienne qu'on caresse, et me tendit ses mains chaudes que je pris dans les miennes.

— Qu'est-ce que tu vas imaginer là ! Jack et moi ? Je suis juste allée lui porter un paquet qui entrait pas dans le sac aux lettres. Qu'est-ce que tu vas chercher là ! T'es jaloux ?

— Jaloux ? Moi ? C'est pas ça ! Cet après-midi, en allant voir Jack, j'ai bien vu tes traces de pas.

Elle attira ma tête sur sa poitrine.

— Jack et moi ! riait-elle, à gorge déployée.

— Et le paquet, alors ? Je l'ai pas vu !

— Ce que t'es méfiant ! Puisque je te le dis.

— Tu jures ?

— C'est juré !

Elle s'empressa aussitôt de me faire tout oublier et j'eus envie, l'espace d'un instant, de raconter ce que j'avais imaginé et déduit de sa visite à Jack. Je n'en fis rien, par honte ou par crainte qu'elle me connaisse mieux : ce à quoi je ne tenais pas. Au fond, je me suis tu par pudeur. Et puis, elle n'y aurait rien compris.

Quand nous commençâmes à nous embrasser, j'éprouvai la curiosité de rompre le silence et, sous prétexte de retarder le moment, je lui demandai de me parler de Jack.

— Tu le connais bien ?

— Qui ?

— Mais Jack !

— Plutôt, dit-elle. Il a commencé les chantiers en même temps que moi.

— Ah ! Il te parle souvent, ou c'est toi qui lui parles ?

— Pas plus qu'aux autres, voyons ! Tu l'as bien vu. Il y a pas moyen de lui tirer les vers du nez. C'est un maudit rumineux.

— Pour ça, j'ai déjà essayé de lui parler, il répond que par des oui et des non. Quel âge a-t-il ?

— Il doit bien friser la trentaine. Au moins !

— Et d'où est-il ?

— Saint-Tite. Une grosse famille. Ils sont dix-huit. Demande à mon père, il les connaît bien. Une bonne famille. Du bon monde. Paraît que ça a trimé sans bon sens. De la grosse misère.

Puis le dialogue a cessé. Johanne s'est dévêtue, tout en restant couchée. Nous avons fait l'amour, reprenant notre habitude accidentellement retardée par l'incident de Jack.

Elle était encore à moi. Je la possédais.

Quand elle commença de se revêtir, il était plus de cinq heures. Elle se hâta pour éviter les soupçons que pouvait avoir son père et ne pas attirer ceux des bûcherons qui, à cette heure-là, revenaient des bois.

Elle parla du menu, parla de son père, et fit des folies en se vêtant. Je l'écoutais distraitement, fasciné par ses mouvements.

— Encore, dis-je soudain, la voyant prendre son soutien-gorge.

— Quoi ?

— Voyons, tu sais bien.

Elle reposa son soutien-gorge là où elle l'avait pris et, me fixant malicieusement, saisit ses seins pour en rouler délicatement la pointe entre son pouce et son index.

— J'oublierai jamais. Tu peux pas savoir ce que ça me fait.

— T'es un vrai maniaque, dit-elle, en attachant les agrafes de son sous-vêtement. Vous autres, gens de la ville, vous avez de ces idées…

Nous riions tous deux. Moi, conscient de ma manie, elle, complice.

— On se revoit après souper ? demanda-t-elle.

— Comme d'habitude, répondis-je.

Elle se pencha sur le lit, m'embrassa tandis que je lui caressais les hanches.

— Je reste couché un peu. Ferme bien la porte.

Elle se retourna une dernière fois et, moqueuse, ajouta pour me taquiner : « Salut, ti-Jack », en claquant la porte. Son rire clair et net s'en fut avec elle. Elle était peut-être heureuse. J'étais satisfait ; mais, rendu à moi-même, au silence et à la solitude, je me repris à songer à Jack.

Pourquoi l'homme qui, jusque-là, m'avait laissé indifférent occupait-il soudain tant de place ?

Je me demandai si je ne devais pas recourir à Superman pour qu'il tente à son tour de faire parler Jack et de l'amener à des confidences.

Mieux valait laisser aller les choses et passer le temps. À quoi m'eût servi de savoir si Jack était ou non amoureux de Johanne ?

La cloche à vache, convoquant au souper, me tira de la rêverie. Avec le son aigu de cet appel, revint l'image de Johanne refermant la porte de la cuisine et s'apprêtant à distribuer la soupe fumante dans les soupières d'aluminium que son père déposerait sur chacune des tables…

Chapitre XII

Un soir de vent. Le temps tournait à la folie. Depuis longtemps, il n'y avait eu d'autre bruit que celui des arbres abattus. Quelques fois, la voix tremblante de Johanne, sa voix chaude qui montait de la cuisine :

— Isabeau s'y promène le long de son jardin…

Toute cette histoire à cause de Johanne. Cette histoire qui, un soir où j'étais resté à travailler sur les livres, éclata au camp des hommes.

Avec le Phonse à Millette, il ne fallait pas s'attendre à autre chose. Surtout depuis que le père Émile avait reçu la putain que s'était envoyée Millette. La blague avait fait le tour du chantier, rappelé les souvenirs, recréé des besoins.

C'était commun de faire l'amour dans sa main droite, mais ça ne pouvait pas durer. Et il faisait terriblement froid. Alors, le soir, assis en cercle autour de la truie qui râlait son meilleur feu, le sang acide, épais, courait dans les veines, se rassemblait entre les jambes et, de là, remontait au cerveau, chargé de désirs, de rêves et de besoins. Les souvenirs s'échangeaient, exagérés. Des histoires de couchette, des descriptions, souvent pures inventions, jaillissant des appétits refoulés.

Auguste avait la main dans sa poche et écoutait religieusement. Il ne se doutait même pas qu'aucun des conteurs n'avait réellement fait ce dont il se vantait.

Alphonse, excité, a déclaré sans gêne et sans respect :

— Je me réserve la Johanne pas plus tard que pour cette semaine.

— Quoi ? reprirent quelques voix.

— T'es pas devenu fou ? déclara Superman, sachant fort bien qu'elle était à moi.

— Pourquoi pas ? C'est la seule paire de fesses du chantier. J'aimerais te la grossir, continuait Alphonse. Vous la voyez pas avec un gros ventre ?

Il riait jaune, les mains sur le ventre, imitant la démarche d'une femme enceinte.

Le grand Jack s'est levé de son lit.

— Je veux pas qu'on touche à la Johanne, dit-il, d'un ton tranchant. On fait l'amour quand on aime, tiens-toi-le pour dit, fils à papa, lança-t-il au fils de Millette. Si c'est pour ton plaisir, il y a d'autres filles. Demande à ton père, il sait comment s'y prendre. Aux frais des autres…

— Mais je l'aime ! Qu'est-ce que tu crois ? protesta Alphonse, choqué de se faire rabrouer sur ce ton et d'entendre humilier son père. Et puis, c'est lui qui m'a dit que c'était normal.

— Dans ce cas, je l'aime en bon Dieu lança Joseph.

— Et moi, donc ! Il faudra pas insister pour que je succombe, confessa Ligoris, dont le blanc des yeux, une fois de plus, commençait à rougir.

— La prenez-vous pour une catin ? cria Jack. Tout le chantier va passer dessus ? Je voudrais bien voir qui l'approchera !

Il tenait les poings fermés et semblait décidé à défendre Johanne. Son regard scrutait les désirs des hommes.

— Tu l'aimerais donc ? demanda Superman, savourant sa question.

Jack se détendit quelque peu et rougit. Mal à l'aise, il passa nerveusement la main dans ses longs cheveux et, fixant Superman, répliqua :

— Et quand ce serait vrai, ça te regarde ?

Tout le monde s'était mis à rire. Et le sang de couler de nouveau normalement dans les veines.

— On verra qui l'aura le premier, insista Alphonse. Si tu l'aimes, t'avais qu'à la prendre avant.

On rit encore. Armand Lacasse mit son grain de sel :

— On devrait demander à Superman de trancher la question. Il a de l'expérience, lui.

Superman cracha par terre.

— Qu'est-ce que vous voulez que je tranche ? Si je me retenais pas, je vous *égosserais* tous. Vous avez des démangeaisons, que voulez-vous que j'en fasse ? Je suis pas le pape, moi, pour vous dire quoi faire ! Il y a qu'une fille dans le chantier. Moi, elle m'intéresse pas. Quant à Jack, il l'aime. Quant à vous, allez tous au diable.

Superman sortit là-dessus pour aller jaunir la neige.

❏

Quoi ? Superman avait de l'expérience ? Bien sûr, répétait-on. Il descendait à La Tuque et parfois même plus en bas, à Shawinigan, les poches remplies de sa saison, fringant, le rire clair, les cheveux roux lui sautant sur les épaules.

— Je m'en vais me refaire une beauté, disait-il.

Dès le lendemain, il disparaissait comme prévu et sans qu'on en ait connaissance. Une fois à La Tuque ou à Shawinigan, il lui prenait de ces fantaisies ! Outre le bordel, qui n'avait en soi rien de très original, il lui était arrivé de payer une femme qui marchait dans la rue au bras de son mari pour qu'elle parcoure avec lui la distance entre deux coins de rue. Le mari, étonné, lui avait demandé : « Êtes-vous fou ? » Superman, pour toute réponse, avait doublé le prix. L'affaire conclue, il avait pris le bras de la femme et marché avec elle, l'époux suivant derrière, ne comprenant rien de rien. Au coin de la rue, Superman avait tout naturellement rendu la femme à son homme, en lui disant : « Elle marche rudement bien. Ça valait bien vingt piastres ! » Et il s'était mis à ridiculiser le gars, qui s'en était allé en tournant la tête à tout bout de champ. « Tu ferais un maudit beau cocu ; même que ça m'étonnerait pas si tu vendais ta femme », lui criait Superman.

D'autres fois, il entrait dans une taverne et, tant qu'il y était, il payait pour tout le monde.

— C'est moi le propriétaire, et qu'on s'amuse !

Et qu'importe si oui ou non on s'amusait, puisqu'il y trouvait son plaisir. Le pauvre, il se faisait rouler si bêtement !

Jack, lui, n'aurait jamais fait ça parce qu'il était économe et songeait à son avenir.

Bref, quand Superman revenait, au bout de deux jours, plus un cent en poche, il rapportait quand même dans son havresac une bonne bouteille pour les copains qui n'avaient pas bougé. Et on fêtait son retour. La tristesse du retour.

— Je me ferai plus prendre. C'est fini. Je boirai plus jamais, promettait-il. C'est pas humain de trimer comme un cheval pour tout perdre en deux jours.

Une fois ressaisi, il se mettait à raconter ses exploits. Ceux qui l'ont intimement connu jurent qu'il en inventait de nouveaux chaque fois.

Alors ? Comment pouvait-il mieux qu'un autre trancher la question ? Parce qu'il *jumpait* à La Tuque et à Shawinigan, une ou deux fois par saison de coupe ?

❑

Superman répéta en rentrant et en boutonnant sa braguette :

— C'est pas de mes affaires !

— Si c'est pas de tes affaires, ricana Alphonse, ça va être des miennes. Me voyez-vous, les gars, sur la Johanne, à lui fouiller le ventre ? Comme ça !

— Écœurant ! cria Jack. Si tu y touches, je te casse la gueule.

Les hommes renversèrent le banc où ils étaient assis et firent place nette autour de la truie qui n'en continua pas moins de chauffer. Même qu'on n'entendait plus que son crépitement.

— Fais pas le fort, dit Alphonse, qui n'avait peur de rien, en lançant son poing de toutes ses forces sur la mâchoire de Jack.

Ce dernier ne s'y attendait pas ; il perdit pied et sa tête frappa le bord d'un sommier.

Tous s'étaient levés et déjà on criait : « Vas-y, Jack. » « Vas-y, Phonse. » « Frappez, donnez-y ! »

Un filet de sang glissait des lèvres de Jack. Il tenta de se relever. Alphonse l'avait déjà repris par la chemise et le mouchait du revers de la main. Jack, plus rapide, fit un effort et se remit sur pied. Un seul coup de poing et Phonse s'allongea sans connaissance à deux pouces de la truie. Tous crurent un instant qu'il allait tomber dessus.

— Y en a-t-il un autre qui veut coucher avec Johanne ? demanda Jack, très calmement.

— Suffit, cria Superman. Ça va faire pour aujourd'hui. La boxe, c'est le samedi soir, et il y a un règlement.

Jack n'entendait déjà plus. Il avait quitté le camp sans attendre une réponse à sa question.

On aida Alphonse à se relever et on l'étendit sur son lit crasseux.

Son père entra au même moment. Il se fit raconter l'incident.

— Bon ! On réglera ça demain. J'ai pas besoin de boxeurs dans mon chantier. Il faudra congédier Jack demain.

— Et votre fils avec, reprit Superman, qui ne tolérait pas l'injustice.

Tous les hommes d'approuver d'un hochement de tête. Cela mit fin à la discussion. Alphonse accepta sa défaite et son père se retira là-dessus, ajoutant :

— C'est la fille, alors, qu'il faut renvoyer. C'est pas une place pour elle ici. Ça vous excite trop.

Était-ce la faute de Johanne ? Elle n'allait tout de même pas soulager tout le chantier pour faire plaisir à Millette ! D'ailleurs, il avait beau parler, il était le premier à jouir de la présence d'une femme et ne manquait jamais une occasion de lui glisser la main sur les fesses quand elle passait à côté de lui.

— Voyons donc, monsieur Millette, en voilà des manières ! disait-elle.

Son père riait avec Millette.

❏

Une fois sorti du camp, Jack avait craché un caillot de sang dans la neige, tout à côté des cernes jaunes, puis il s'était dirigé vers ma cabane en passant devant la cuisine. La voix de Johanne s'élevait. Jack fit une pause et observa la fille qui, debout, un pied sur un banc, la jupe relevée sur son genou et la tête penchée, touchait la guitare en fredonnant et en rythmant de la pointe de l'autre pied. Il se refusa d'en avoir le désir et, lui tournant le dos, grimpa la colline.

Il apparut dans l'embrasure de la porte, du sang coagulé sur la bouche.

— On s'est battus. Arrange-moi ça, commis.

— Avec qui ?

— Millette. Le fils.

— Pourquoi ?

— La Johanne.

Le nom m'atteignit droit au ventre.

— La Johanne ? répétai-je.

— Oui.

— Pourquoi la Johanne ?

— On veut la grossir.

Je m'étais mis tout à coup à parler, à défendre « la Johanne », à soulever des arguments, des principes, à parler de morale. À me trahir.

— T'as bien fait de lui casser la gueule ; moi, je l'aurais tué.

Et je continuais de débiter des phrases, vaille que vaille, retardant la question. Enfin, je me demandai, et à lui en même temps :

— Mais pourquoi la défendais-tu ?

— Je l'aime, répondit-il.

La phrase remplit la pièce.

Je me suis mis à rougir. Puis à trembler.

J'émis un son rauque. Une espèce de « heuuu » stupide et prolongé, le temps de permettre à Jack de deviner.

Je l'ai senti à sa façon de me regarder et de serrer les poings. La grimace qu'il fit était horrible. Comme si je lui avais donné un coup au ventre.

Se contenant, il m'a demandé, en indiquant sa blessure :

— Ça va, c'est pas grave toujours ?

— Une coupure.

— J'aurais pu le tuer, dit-il. Ç'aurait été plus simple. J'avais qu'à lui donner un autre coup de poing.

Je lui posai le diachylon sur la peau, à même sa barbe, qu'il n'avait pas rasée depuis quelques jours, et pressai du bout du doigt. Ce geste simple était empreint d'une douceur involontaire. J'éprouvais tant de sympathie pour lui.

— Comme ça, tu l'aimes ?

— Et je permettrai pas, répondit-il. À personne !

Ce fut le silence, jusqu'à ce que j'eusse terminé de le panser. Cela fait, Jack alla se coucher en me remerciant.

— Tu devrais te coucher, toi aussi. T'es tout drôle ; on dirait que c'est toi qui as reçu le coup.

— Bonne nuit, dis-je, me retenant pour ne pas lui avouer toute la vérité : que Johanne et moi, que…

Que pouvait donc avoir « la Johanne » ? Tous la désiraient ! Je ne l'aimais pas, soit ; mais, depuis que nous nous connaissions, nous avions tissé des liens et atteint une sorte de compréhension instinctive. Nous étions complices, en quelque sorte, de notre vice commun, de notre ennui commun. Et n'était-il pas normal, en ce pays de sauvages, d'unir deux tristesses, deux ennuis et deux sexes ? Ce qui me troublait, c'était que Jack fût amoureux d'elle. Pour autre chose que son corps. Pour demain.

Je sortis à mon tour et me dirigeai droit vers la cuisine, mû par une impulsion qui m'invitait à des gestes sans raison, comme un robot.

«Johanne. Johanne mon réveil, ma langueur, mon vice, mon opium, mon bouleau blanc. Johanne», répétais-je en allant à elle, affolé à l'idée de la perdre dans les bras de Jack.

— Johanne, répétai-je encore, en pénétrant dans la cuisine.

— Qu'est-ce qu'il y a? demanda-t-elle en me voyant surgir à cette heure-là.

Elle déposa sa guitare, remit le banc à sa place et gagna sa berceuse.

— Rien. Il n'y a rien. Je suis venu boire un café.

— T'es pas assez nerveux comme ça?

— Je le suis un peu. Il y a eu une bagarre dans le camp des hommes.

— On s'est battu?

— Battu! Ton père est-il couché?

— Tu sais bien, il y a longtemps.

Je pris sa main, qu'elle me retira, prétextant me servir elle-même le café, toujours prêt et chaud dans la cafetière placée sur le poêle.

— Pourquoi se sont-ils battus? interrogea-t-elle. Et qui?

Je ne répondis pas tout de suite. Je mis du sucre dans la *dish* et un peu de lait en boîte. J'allumai une cigarette, jetai l'allumette dans le fourneau. La vapeur qui s'échappait de la bouilloire me mouilla le visage. Johanne s'était assise de nouveau, les pieds sous elle pour ne pas perdre sa chaleur. Sa poitrine gonflait son chandail à chacune de ses respirations.

— Attends-tu la fête de Pâques pour répondre ?

— Je ne sais pas si je dois le dire.

— Je le saurai bien de toute façon. Mais pourquoi m'en parler, si tu voulais rien dire ?

— À cause de toi.

— À cause de moi ?

— Oui, ils se sont battus à cause de toi.

— Qu'est-ce que je leur ai fait ?

— Rien. C'est difficile à expliquer. Tu comprends, ils s'ennuient comme toi et moi, eux aussi.

Je cherchais mes mots. Je ne voulais pas lui dire cela trop grossièrement.

— Alphonse manque d'affection. Il a juré de t'avoir !

Elle rit nerveusement, en quittant sa chaise.

— Alphonse ! C'est trop drôle ! Et après, qu'est-ce qui s'est passé ?

— Jack a protesté.

— Qu'est-ce qu'il lui prend, à celui-là ? C'était pas de ses affaires.

— Je sais. Il a déclaré qu'il t'aimait.

— Tais-toi, coupa-t-elle, rougissant et visiblement troublée.

Elle se dirigea vers la porte et, là-dessus, m'invita à partir.

— Pourquoi racontes-tu ça ?

— Je sais pas. Je sais vraiment pas.

Je bégayais.

— Il est tard. Je me lève tôt, dit-elle.

Je déposai la *dish* sur une table et me dirigeai lentement vers la porte. Une fois près d'elle, je pris sa main et la portai à ma bouche, qui parcourut son bras pour s'arrêter à la naissance de son épaule. Laissant retomber sa main le long de son corps, je la pris dans mes bras, cherchant ses lèvres qu'elle ne me refusa pas. Et ma main fébrile glissa lentement de sa hanche à son genou et remonta sous la jupe de laine pour atteindre la dentelle du pantalon, le seul vêtement réellement féminin qu'elle possédât. Elle écarta les jambes, facilitant ma caresse.

— Montons chez moi. Tout de suite, dis-je.

— Je vais mettre un autre chandail et des couvre-chaussures. Va le premier, je te suis avec le fanal.

Je n'avais pas atteint mon camp, que la lueur de son fanal projeta mon ombre sur la porte. La lueur s'approcha, cahotante. J'entrai aussitôt bourrer la truie de bonnes bûches d'épinette.

Nous nous connûmes ce soir-là avec une fièvre inaccoutumée, presque dans la panique et dans le pressentiment que c'était la dernière fois.

J'aurais voulu qu'elle passe la nuit avec moi. Elle refusa, me mit gentiment au lit, borda mes couvertures avec une grande tendresse et disparut, au balancement de son fanal qui jetait des lueurs sinistres comme des aurores dans le vide de notre amour.

Une fois qu'elle fut partie, je me levai et, fumant cigarette sur cigarette, je marchai en rond, entraîné dans un remous au fond duquel il me faudrait descendre pour toucher la vérité. La vérité ? Mille idées trottaient dans ma tête ; toutes les suppositions devenaient réalité. J'aurais juré alors que, le jour où j'avais été témoin de la visite de Johanne à Jack, il s'était passé quelque chose entre eux, qu'il l'avait prise, qu'elle s'était donnée. Donc, elle me mentait.

Ces idées firent place à d'autres. Je me surpris à envier Jack, puis à éprouver de nouveau à son égard une certaine sympathie. Comment avait-il fait pour l'aimer en silence ? Pourquoi ne le disait-il pas ? Savait-il seulement qu'elle et moi ?… Et s'il le savait, comment faisait-il pour accepter ? Et Johanne et moi, pourquoi devions-nous encore nous cacher ?

Affolé par ces questions, il me prit l'envie de m'habiller, de courir dans le camp des hommes, de réveiller Jack, de lui dire la vérité, mais je revins sur mes positions premières, refusant sciemment la possibilité de leur amour, accusant tour à tour mon inquiétude et mon imagination d'être cause de tout.

Finalement, je reconnus là le fruit d'une crainte : celle de la perdre. Je me recouchai, résigné à l'attente.

Peut-être Jack n'aimait-il pas Johanne et feignait-il de l'aimer pour éloigner Alphonse ?

Non, je n'étais pas jaloux. Pour sûr. Je n'aimais même pas Johanne.

Les contradictions les plus évidentes, mensonge et vérité, faits et fiction, me servirent de draps dans lesquels j'enroulai ma faiblesse, ma passion et le sommeil qui m'emporta.

Chapitre XIII

L E SOLEIL ne changeait pas ses habitudes. Il brillait. Nous non plus, nous n'en changions pas.
Nous étions ternes.

Johanne était allée chercher le sac aux lettres et
revenait de la remise, au bout du portage, où le messa-
ger de la compagnie laissait le courrier. De temps à
autre, elle s'arrêtait, à bout de souffle, s'appuyait sur
un tronc d'arbre et restait là, quelques instants, à se demander : « Dois-je lui dire que je suis enceinte ? Comment prendra-t-il ça ? S'il allait avoir peur et fuir ? »

Sa petite tête bourdonnait. Et puis, elle craignait
que le commis le devine avant qu'elle se soit décidée
à le lui confesser. « Déjà trois mois, pensait-elle.
Heureusement qu'il y connaît rien et que je suis pas
plus grosse. Mais ça va pas durer très longtemps, et
il finira par s'en apercevoir. »

Elle était là, inquiète, angoissée, avec son fardeau, quand soudain, quittant le bois où il avait son
lot, apparut Alphonse, un sourire aux lèvres et, dans
les yeux, la lueur du désir.

— On se repose ? demanda-t-il à la Johanne.

— Je me reposais, dit-elle. J'allais justement repartir. Je dois rentrer. Il est déjà tard et mon père m'attend pour préparer le souper.

Il lui coupa le chemin.

— Pas si vite, pas si vite. On peut pas prendre le temps de causer un brin ? C'est pas tous les jours que tu viens me visiter sur mon lot.

— D'abord, je suis pas sur ton lot, c'est toi qui es venu me rencontrer. Qu'est-ce que tu me veux ?

— Rien. Rien, dit-il encore. Parler avec toi, le temps de griller une cigarette. T'es pas d'accord ?

— Je suis pressée, répéta-t-elle.

— Sois pas farouche. Juste une petite minute.

Comme elle ne l'écoutait pas, il s'arrangea pour lui couper le chemin. Rapidement, elle passa à côté de lui, contournant une roche, et se mit à courir dans la neige, déviant soudain du sentier qui tournait au faîte de la pente. Il la rattrapa aussitôt.

— Laisse-moi, ou je vais crier.

— Crie toujours, dit-il, on t'entendra pas.

Il la tenait par le col de son manteau et cherchait à la prendre dans ses bras, mais elle se débattait de toutes ses forces, criant quand même. Il se hâta de lui bâillonner la bouche de sa grosse main. Pressé, voyant qu'elle lui résistait, il lui assena un solide coup de poing sur la nuque. Elle s'affala avec un petit son aigu, comme celui d'un oiseau pris de panique. Il eut vite fait de l'étendre sur la neige et de retrousser sa jupe.

Johanne ouvrit les yeux. Ce maudit soleil l'aveuglait. Les arbres tournoyaient et la neige avait

commencé de fondre sous elle. Elle voulait crier :
« Non, non, non ! Pas ça ! je veux pas ! »

Alphonse la fouillait déjà, sourd et brutal.

Elle tenta de se débattre encore. Il lui assena un autre coup. Cette fois, elle perdit connaissance et il continua de se soulager. Quand il eut fini, il la laissa à moitié nue sur la neige.

Pouffant de rire, il retourna à son lot, très calmement. Le froid la réveillerait bien assez vite. Il l'avait enfin eue, et il voudrait bien voir le maudit qui l'empêcherait de l'avoir encore si ça le tentait.

Il boutonnait sa braguette en marchant. Il cracha sur un tronc d'arbre et, tournant la tête une dernière fois, cria :

— Si t'es enceinte, c'est qu'il y en a eu un autre avant. Ton père, je suppose ? Maudite putain !

Chapitre XIV

QUAND nous allions chercher le courrier, Johanne et moi, nous ne mettions jamais plus de trois quarts d'heure. Je commençai de m'inquiéter quand, à quatre heures, elle n'était pas encore revenue. Je me reprochais déjà de ne pas l'avoir accompagnée. J'allai m'informer auprès de son père si elle n'était pas rentrée directement à la cuisine. Son père ne l'avait pas vue.

— Bon ! C'est qu'elle aura marché plus lentement. Voilà tout, dis-je.

— T'as l'air inquiet.

Je quittai la cuisine sans donner d'explication, décidé à aller au-devant d'elle. Je n'avais pas fait cent pas que je l'aperçus, traînant tant bien que mal le sac aux lettres.

— Johanne ! criai-je. Qu'est-ce que t'as ?

Je courus, en proie à une vive inquiétude que je ne m'expliquais pas.

Elle s'affala dans mes bras en sanglotant.

— Je suis enceinte. De toi, de toi, de toi.

Elle me montrait son ventre comme un trésor.

Je restai là, pris entre le rire, les larmes, la colère, la tendresse, et ne sachant auquel de ces sentiments je devais m'abandonner.

Elle m'entraînait.

— Viens vite. C'est Alphonse.

Je ne comprenais plus rien. Alphonse ou moi ? Lequel de nous deux ? Et Jack alors ?

Là-haut seulement, elle me raconta la chose tout en se lavant les cuisses.

Je n'osais pas la croire. Je la regardai et lui demandai bêtement :

— T'as pas crié ? T'as pas couru ? Tu t'es pas défendue ?

Elle pleurait à nouveau, m'enlaçant, me prenant le visage, renversant soudain les rôles comme si c'eût été moi la victime. Me caressait même.

Oubliant ce qui venait de lui arriver, et ne comprenant rien moi-même à mon instinct, je la pris à mon tour, par vengeance peut-être, pour reprendre possession dans un sursaut de jalousie animale.

— Non, non, non ! criait-elle. Vous êtes donc tous les mêmes !

Mais pourquoi m'avait-elle caressé et excité si elle n'en voulait pas ? Je me reculai et la regardai là, défaite, terrorisée, si menue, écrasée sous le poids de ses rencontres, comme si l'accumulation de toutes les étreintes auxquelles elle avait cédé lui eût remonté à la mémoire telle une vomissure, tout son passé débordant, pareil aux eaux printanières ou à un égout.

Puis la présence de cet enfant qu'elle accomplissait !

Je m'attendris. Je lui embrassais les mains. Rien à faire. Elle pleurait, sourde. Soudain, elle s'enfuit et dévala la colline, laissant la porte de mon camp ouverte. Alors seulement je compris ce qu'il aurait fallu dire. Trop tard. Je criai quand même, à tue-tête :

— Johanne, je suis heureux ! Je t'aime. Je vais l'aimer, l'enfant. Je suis heureux, Johanne !

Elle ne s'arrêta pas et disparut dans la cuisine, tandis que les «non, non, non» qu'elle criait entraient en moi comme autant d'accusations.

Alors, je désirai sa mort.

Qu'on me libère d'elle et du désir que j'en avais. À cet instant, ne plus être viril. Par lâcheté, comme je souhaitais ne jamais avoir connu son étreinte !

Qu'allais-je faire ? Que pouvais-je faire ? Casser la gueule d'Alphonse, dix fois plus costaud que moi ? La laisser sans défense ? Refuser ma paternité ? Avertir Superman ? Ou Jack ?

Tout cela tournait dans ma tête en un tourbillon où se mêlaient la générosité, la mesquinerie, le désir, la passion, la tendresse, la haine, la pitié, la faiblesse. Mais pas un seul rayon d'amour !

Quand on n'a pas de soleil…

Si au moins je l'avais aimée, si j'avais mis en elle quelque espoir ! Si j'avais cru, pour nous, à une existence partagée, au couple ! Je ne croyais en rien d'autre qu'en ce qui avait cimenté nos corps : le sperme.

❏

Superman m'arracha momentanément à mon déchirement en venant fumer, comme de coutume, avant d'aller souper.

Il me trouva nerveux, irritable. Finalement, je lui racontai ce qui s'était passé. Il resta songeur, tirant la fumée de sa pipe.

— Vous dites rien ? Qu'est-ce que je dois faire ? Aidez-moi, Superman.

— Je vais t'arranger ça, à condition que tu la fermes, que ça reste entre nous.

— Qu'est-ce que je dois faire ?

— Tu vas commencer par me préparer une avance sur mon salaire. D'ailleurs, l'air commence à sentir mauvais ici. Surtout, pas un mot. Ils se rendront bien assez vite compte de mon départ. Et de cette façon, ça passera sur mon dos ; ils croiront que c'est moi le père.

— Vous pouvez pas faire ça ! dis-je.

— Un de plus ou de moins, commis. ce sera pas le premier. Laisse-moi faire, je sais ce que je fais. Quand je serai plus là, ça va se tasser. Vite, fais ça tout de suite.

Les cloches à vache annonçaient le souper. Je m'exécutai et préparai rapidement un chèque que je lui remis.

Nous quittâmes le camp. Il me laissa devant la cuisine, en me répétant :

— Pas un mot. Compris ? Je reviendrai sous peu.

— Mais vous n'avez pas mangé.

— Pas la peine, dit-il.

Nous nous sommes serré la main amicalement. Je ne savais comment le remercier, ni même si je devais le faire. Je n'étais pas d'accord sur ce moyen qu'il venait de trouver pour résoudre mon problème. Mais il était de cet âge où l'on croit à la thérapeutique du temps. Comme si le temps pouvait agir pour nous et sans nous, penser pour nous.

Après le souper, avalé dans le silence habituel et obligatoire pour activer le service, les hommes regagnèrent leur camp, où je devais les rejoindre pour la lecture du courrier.

Émile à Pierre s'était étendu sur son lit, sa chemise mouillée suspendue au-dessus de sa tête. Il pinçait les cordes de sa guitare, sans rien jouer de précis, seulement pour emplir le silence d'une note tantôt aiguë, tantôt grave.

Alphonse prit la parole :

— Vous avez rien remarqué ?

Le vieux Charles, qui s'assoupissait toujours après le souper, répliqua :

— Ta gueule, commère !

— Qu'est-ce qu'il y a à remarquer ? demandèrent des voix.

— La Johanne, reprit Alphonse.

— Qu'est-ce qu'elle a, la Johanne ? demanda Gaston.

Jack quitta le banc où il était assis et s'arrêta à deux pas de la truie qui surchauffait le camp et dont il ouvrit la porte. Son visage en fut illuminé.

— Quelqu'un l'a grossie, confia Alphonse.

Tous se levèrent et, curieux, restèrent quelques secondes à fixer Jack, qui serrait les mâchoires.

Mais il ne réagit pas davantage.

Alors, on se mit à parler en même temps, à se soupçonner les uns les autres. On accusait Alphonse, on accusait Jack, on accusait Superman. Un tel pour une insinuation, un autre pour un geste, chacun pour une raison ou pour une autre. On allait en venir aux poings et régler ça entre hommes, sans plus de discussion.

— Allez-vous vous calmer, que je lise les lettres ! criai-je.

Le silence vint, en *decrescendo*.

Avant que j'aie décacheté la première lettre, Émile me demanda :

— Ça serait pas toi, commis ?

Je baissai les yeux et fis un effort sur moi-même pour m'approcher naturellement de la truie, tirer mon banc et commencer de lire comme si je n'avais rien entendu. Les noms, grossièrement écrits sur les enveloppes, sautaient sous mes yeux :

— Louis à Pierre, dis-je.

— Une lettre pour toi, lui dit son frère. Ça doit être la mère.

— Superman, appelai-je après avoir lu la première lettre.

Je répétai deux fois le nom de Superman.

Quand on se rendit compte de l'absence de Superman, il se produisit ce qu'il avait prévu : on l'accusa.

— Eh bien ! Tu parles d'un cochon ! s'exclama Alphonse.

— C'est pas moi qui aurais cru ça de lui, dit Ligoris.

— Ah! je le reconnais bien, il laissera pas de traces! Il reviendra même pas, ajouta Julien.

— Qu'est-ce que c'est qu'un petit? C'est pas une trace? murmura Gus.

La discussion s'envenimait de plus belle. De nouveau, j'imposai le silence. Je fus sans doute le seul à m'apercevoir que Jack sortait. Je me demandai où il allait. Voir Johanne?

Les lettres lues, je repris le sac vidé de son contenu, poussai la porte en saluant les hommes et me livrai à la nuit glaciale.

Le ciel, par quelques déchirures, laissait voir de rares étoiles. Je passai la main sur mon front ruisselant. Je longeai la cuisine et y jetai un coup d'œil. Johanne était dans l'embrasure de la fenêtre, projetant son ombre sur la neige. Un sentiment de culpabilité me pénétra.

Retrouver mon ennui, l'inexprimable ennui qui n'avait pas cessé de m'écraser.

Et le bouleau blanc fut alors éclairé par la pleine lune, qu'un nuage venait de dévoiler. Ce fut très bref. Un éclair. Puis la nuit se replia, alourdie de nuages qui volaient très bas.

La porte de la cuisine claqua soudain. Johanne m'avait vu passer et venait vers moi, marchant péniblement comme si elle devait accoucher d'un instant à l'autre. Je crus qu'elle voulait jouer la comédie et m'attendrir en prenant des airs de grande malade.

— Attends-moi, supplia-t-elle.

J'attendis et lui offris mon bras, faisant deux pas dans sa direction.

— Je suis si fatiguée ! J'ai envie de mourir.

— Il n'y a pas de quoi, dis-je. T'en verras bien d'autres.

Nous prêtions l'oreille à nos pas qui écrasaient la neige.

Sans parler, nous avons franchi ensemble le seuil de mon camp.

Jack était là, debout, le dos offert à la truie. Johanne serra brusquement mon bras.

— Depuis quand entre-t-on chez moi quand j'y suis pas ? demandai-je, sèchement.

Jack ne répondit pas. Il mordillait le bout de sa cigarette.

— Si tu veux rien, t'as qu'à sortir, dis-je.

— Tu ferais mieux de pas être là, Johanne. Va dehors. J'aimerais autant que t'entendes pas. J'ai des choses à dire au commis.

— Qu'est-ce que tu veux faire ? Hein ? Qu'est-ce que tu veux faire ?

La voix de Johanne tremblait.

— Veux-tu sortir, oui ou non ? trancha Jack.

Johanne s'accrochait à moi. Je blêmis. La colère de Jack avait commencé de déborder. Il s'avança en poussant un cri. Il me saisit par la chemise et, avant que j'aie eu le temps de me reprendre ou de dire quoi que ce fût, il me frappait la tête de toutes ses forces sur ma table de travail.

Un cri de Johanne. Rien d'autre. Je n'entendis rien d'autre. Un immense vide. La peur, le froid,

Johanne dans l'embrasure de la porte. Ce cri déchirant. Le sang couvrant mes yeux. Les yeux de Jack, monstrueusement ouverts.

Je perdis connaissance sous la ruée de coups qui s'abattait sur moi.

❏

Quand je repris mes sens, beaucoup plus tard, j'étais étendu sur mon lit. J'avais l'impression d'avoir la tête ouverte. Dans ma bouche épaisse ne venait plus de salive. Johanne était à genoux, le visage noyé dans ses mains couvertes de larmes.

— Je voudrais boire.

Elle se leva, m'apporta un grand verre d'eau qu'elle était allée puiser à même la chaudière. Je bus avec avidité. Ma main cherchait mon paquet de cigarettes. Johanne le devina, m'en offrit une qu'elle alluma en s'asseyant à côté de moi. Puis elle commença de passer sa belle main de fille de ferme dans mes cheveux gras.

— Laisse-moi seul, demandai-je.

— Tu veux pas que je te tienne compagnie ?

— Je veux être seul, répétai-je.

— Mais… je peux pas te laisser comme ça. Tu…

— Seul. J'ai besoin de personne, t'as donc pas compris ? Tu comprendras jamais ?

— Mais moi ? dit-elle avec inquiétude. Moi ?

— Toi ?

J'esquissai un geste, lui donnant son congé.

— Je t'aime, confessa-t-elle, sur un ton qui me sembla pitoyable.

Ma main répéta le geste. Je ne voulais pas l'écouter. J'étais fatigué de l'entendre dire qu'elle m'aimait. Je ne voulais pas qu'elle m'aime, parce que c'était elle et que j'étais incapable de l'aimer.

Elle restait là, bêtement. Je dus crier à tue-tête, me soulevant sur mon oreiller :

— Va-t'en ! Il y en a d'autres. Il y a Jack qui t'aime. Il y a ton père. Tu m'entends ? Je veux être seul !

Elle recula jusqu'à la porte, blême, les yeux fixés sur les miens, ses lèvres répétant mécaniquement ce qu'elle s'efforçait en vain de retenir entre les dents :

— Je t'aime. Je t'aime, moi, tu sais…

Je fermai les yeux. J'écrasai ma cigarette dans le cendrier.

Puis, subitement, je me suis mis à pleurer. Sur moi-même. Sur elle qui était revenue, me caressait la tête. Elle pleurait aussi. Je m'endormis d'un seul coup, me faisant horreur et me détestant. Aucun homme n'a jamais dû se détester autant.

Chapitre XV

Vint la tempête des corneilles. Une neige épaisse et mouillée qui faisait se lamenter Millette, chaque soir, quand rentraient les hommes avec les bêtes toutes couvertes de frimas, suintantes, la tête basse et complètement exténuées. Je les voyais par la fenêtre. Quelques minutes après, entrait Millette qui venait faire le compte de la journée.

— Mes pauvres chevaux, disait-il. Si tu voyais mes pauvres chevaux, commis !

Un soir, j'explosai :

— Et vos hommes, eux, qu'est-ce que vous en dites ? Ça vous fait rien de les voir trempés en lavette ? Ce sont des hommes, monsieur Millette. Ce sont des hommes !

Il m'envoya au diable. J'entrai dans une affreuse colère et lui ordonnai de sortir.

La fièvre me reprit, comme chaque jour depuis que Jack m'avait battu ; la fièvre, qui ne me quittait que dans mon sommeil.

Jack avait fui le chantier. Superman était revenu au bout de quelques jours, la tête basse et complètement démoralisé. Il avait rapporté un chien pour me tenir compagnie. Je n'aimais pas les chiens. Il dut le garder. Chaque soir, il venait fumer une pipe. Il me prenait la main et me disait :

— Je comprends pas, commis. Je te comprends pas.

Je lui souriais affectueusement, en serrant ses gros doigts.

— Dites-lui, à Johanne, que je souffre de pas l'aimer. Dites-lui ça, Superman. Moi, je peux pas. Elle est toujours là, de plus en plus gentille, avec ses prévenances. Et elle attend un enfant de moi. Je l'ai suffisamment blessée. Dites-lui ça, Superman.

Il me calmait comme on calme les enfants, en faisant :

— Chhh… essaie de dormir, pense pas à ça. Ça va passer. Tâche de dormir.

Je m'endormais, bercé par son chuchotement.

Le dimanche suivant, à peine rétabli, je parvins à me lever pour assister, sans y être invité, à un curieux spectacle : une espèce de farce tragique digne du Moyen Âge.

Depuis des jours, le camp n'allait pas. La neige, sans doute, qui était tombée toute la semaine. Johanne qui était enceinte. Moi, qui n'avais pas quitté le lit à la suite de la raclée que m'avait administrée Jack. Tout ça, trop contenu, comme un volcan qui eût éclaté sans que personne l'eût entendu auparavant gronder.

Monotonie, pesanteur des jours égrenés. Les jours homogènes, uniformes, stéréotypés. Les jours infiniment tristes de White River.

On n'a pas idée de l'entrain qui peut naître quand surgit une occasion comme celle qui venait de se présenter, ce dimanche. Surtout un dimanche où les hommes ne tiennent plus en place, sont las de regarder les illustrations de journaux cent fois feuilletés, ou prennent et retournent dans leurs mains des lettres qu'ils ne peuvent même pas lire.

Ce dimanche-là !

Le soleil me réchauffait. Je vis Millette sortir de son camp, me saluer et entrer vivement dans celui des hommes, avec sa lourdeur, sa masse grossière. Sa verrue me parut plus rouge que d'habitude. Mauvais signe.

— Superman ! cria Millette, en rentrant. Superman, où est ton chien ?

Superman s'empara du chiot couché à ses pieds et le serra dans ses bras :

— On n'est pas pour le tuer, dit-il, sachant fort bien ce qui attendait la petite bête.

— Ça fait assez longtemps que tu cours les chantiers pour savoir que les chiens n'y sont pas admis, déclara Millette.

— On n'est pas obligés de dire qu'on en a un. Il fait de mal à personne.

— C'est pas la question. Donne ce chien. Il faut le tuer. Ordre de la compagnie. Aidez-moi, les gars ! cria Millette.

— Le premier qui approche a mon poing sur la gueule, menaça Superman.

Ils restaient là, hésitants autour de lui qui se tenait dos au mur, son chien dans les bras.

— Voyons, Superman. Fais pas l'enfant, donne-moi ce chien, demanda de nouveau Millette, cette fois avec plus de déférence.

— Vous avez entendu ? cria Superman. Le premier qui s'avance est mort !

Les hommes firent comme s'ils n'avaient pas entendu et se ruèrent sur lui. Ils lui arrachèrent son chien, en se protégeant tant bien que mal des coups que Superman donnait en tous sens.

— Mes tabarnacs ! sacrait-il. Mon chien !

Le chien était déjà passé en d'autres mains et son bourreau avait gagné la cour, face à la cuisine, où Superman les rejoignit aussitôt.

— Vous pouvez pas le tenir, celui-là ? lança Millette, voyant surgir Superman.

Trois hommes se jetèrent sur lui et l'immobilisèrent. Ils ne purent tout de même pas l'empêcher de sacrer. Et son chien s'était mis à hurler, comme s'il avait pressenti le sort qu'on lui réservait.

Le vieux Franky s'amena avec une hache :

— Je connais le truc, déclara-t-il. Donnez-le-moi, je vais lui faire ça en douce.

Tous ceux qui étaient restés dans le camp sortirent pour assister au spectacle. Ils s'étaient placés en cercle autour du chien et de Franky. Gustave tenait le panneau de sa combinaison, à laquelle il manquait un bouton. Ligoris avait le visage enduit de crème à barbe et son frère serrait dans la main des bandes illustrées de Tarzan. Il s'en échappa quelques-unes, que le vent

emporta ; et il se mit à courir pour les rattraper. Le
cook sortit de la cuisine, sans chemise, en pieds de bas,
ses larges bretelles traînant comme des harnais le long
de ses jambes.

— Hi, hi, hi, ricanait-il.

Tout à coup, Julien, le fils d'Albert, apparut et
proposa — histoire d'amuser la compagnie — un
autre genre de mort. Julien à Albert, c'était un petit
noir qui avait une bien vilaine gueule. On aurait tapé
dessus volontiers tant il était provocant et vicieux.
Un peu comme Alphonse à Millette. Julien était
dynamiteur. Toutes les besognes risquées lui incom-
baient. C'était sa spécialité.

— Si on le dynamitait ? proposa-t-il en riant et
en exhibant un petit bâton de dynamite. Ça fait des
semaines que j'ai rien fait sauter…

— Es-tu fou ? riposta Superman. T'es pas pour
dynamiter mon chien !

— D'abord, c'est plus ton chien, renchérit
Julien. Il est déjà mort !

Superman sacra. Le sang commençait d'échauf-
fer les instincts. Si Superman avait ajouté un seul
mot, il se serait fait taper dessus. Il se contenta de
répéter :

— Criss de vauriens !

Il aurait mieux valu qu'il ne proteste pas : peut-
être, alors, son chien eût-il été liquidé d'un coup de
hache. Mais il avait trop résisté. La dynamite l'emporta.

Millette s'était assis sur une corde de bois à
chauffage et riait à s'en déchirer l'âme, la gueule

fendue jusqu'aux oreilles, donnant de vigoureuses tapes dans le dos du *cook*.

Julien était là, penché sur la bête, et tentait de lui fourrer le bâton dans le derrière.

— Attache-le d'abord ; tu réussiras pas comme ça.

Louis s'offrit à tenir les pattes de devant. Charles celles de derrière. Et Julien à « rentrer » la dynamite en tenant fermement la queue du chien.

— Mords-les, Pitou ! Mords-les ! criait Superman.

Le chien commença de baver.

— Allume ! Allume la mèche avant qu'il s'enrage, prévint Ligoris. On sait jamais.

Julien alluma la mèche.

— Tas de sauvages ! hurla Superman.

Quand la mèche fut allumée, on recula, à distance respectable de la bête.

Les hommes empêchaient toujours Superman de leur échapper.

La mèche diminuait lentement. Le chien, effrayé, se blottit près de son poteau d'attache et se mit à geindre.

Plus la mèche brûlait, moins c'était drôle. On commença de se calmer.

— Maudit chien ! cria Superman. Souffle dessus, éteins-la !

Ce fut la débandade. Les rires reprirent. Tant qu'on en oublia Superman. Il en profita pour s'élança vers la bête.

Silence de mort.

Le chien, voyant venir son maître, fit un effort désespéré et cassa la corde qui le retenait au pieu. Cette fois, panique! Les hommes se dispersèrent, tandis que la bête se précipitait vers Superman, qui s'arrêta pile puis se mit à courir aussi, terrifié à la pensée d'exploser en même temps que le chien…

Millette retrouva son rire, imité par quelques bûcherons.

— Tabarnac, c'est moé qui vas mourir! criait Superman. Tabarnac, c'est moé!…

Il n'eut pas le temps de terminer sa phrase, que la bête éclata.

Superman tremblait. Il cracha par terre, passa la main sur son front et blasphéma. Puis, d'un pas décidé, il fonça droit vers son camp.

Personne ne parlait. Personne ne savait ce qui allait suivre. Deux minutes plus tard, le temps du soleil derrière un nuage, apparut Superman, son havresac sur le dos. Il n'avait même pas pris la peine d'attacher les courroies, qui lui tombaient sur les fesses. Il s'arrêta un instant devant mon camp. Du pied de la butte, il me lança un regard d'une grande tristesse. Il repartit.

— Superman, Superman! Reste, tentai-je de crier. Superman!

Il me tournait le dos. Son pas régulier de géant l'éloignait de ma voix. Je voyais ses longs cheveux sauter sur ses épaules à chacun de ses pas. Il devait sûrement pleurer. Et en avoir honte.

Le chantier, bouche bée, assista à son départ.

— Il reviendra, risqua Millette. Je le connais.

La fièvre m'avait repris. Je savais que Superman ne reviendrait plus et que je venais de perdre un ami.

Johanne, le visage bouleversé, le désespoir collé à elle, se tenait dans l'embrasure de la porte de la cuisine. Et le soleil se mirait dans la flaque d'eau fondante qui reposait devant sa porte.

Je rentrai, m'étendis sur mon lit et m'abandonnai à un accès de fièvre et de délire, appelant Superman, revoyant la neige maculée par les éclats du chien, le visage de Johanne soudain indifférent, de cire ; remâchant toute cette vie intenable.

❏

Je copulais avec un fantôme de Johanne. Je m'éveillai en sursaut, dans un cri. Mais ce n'était pas moi, c'était en bas qu'on criait.

— Commis ! Commis !…

Je crus entendre le père de Johanne.

Le fanal veillait encore sur ma table de travail.

Je regardai ma montre. Les aiguilles marquaient cinq heures du matin. Je m'enroulai dans une couverture et ouvris la porte de mon camp.

Au bas de la colline, tous les hommes faisaient cercle autour du bouleau blanc.

Là, au pied de l'arbre, un tas sombre.

Je descendis à pas lents. Ma couverture sillonnait la neige.

— Johanne, murmura Millette, en la désignant du doigt.

Elle était vêtue de sa robe de nuit blanche à fleurs bleues et reposait dans la neige.

Une main sur son ventre, là où s'étendait le sang. Et dans l'autre main, la fourchette à long manche, avec laquelle elle avait bêtement tenté de s'avorter ou de se tuer. C'est tout comme.

Mes tempes battaient très fort. Je demeurai là, un instant, à la regarder. Je la possédais encore, me défendant de ce désir et le souhaitant en même temps, comme si j'avais pu la ressusciter, la reposséder, l'assassiner. Qu'avions-nous cherché, si ce n'étaient l'oubli, la délivrance de l'ennui, l'assassinat de la solitude, la mort ?

Je tournai brusquement le dos.

— Faites-la transporter à White River.

— Maudit cochon ! me dit son père.

La lampe de mon camp faiblissait.

Johanne.

Il valait mieux monter là-haut emplir la lampe de pétrole, revêtir mes *breeches*, ma chemise à carreaux et mes bottes.

Cela fait, je redescendis vers la cuisine.

Près du bouleau, l'empreinte du corps de Johanne, des traces de pas, une tache de sang. Ce fut plus fort que moi. Je me suis mis à hurler de toutes mes forces :

— Coupez-le, Millette ! Coupez le bouleau ! Je veux plus le voir. Vous m'entendez ? Je veux plus le voir !

Je criais sans discontinuer :

— Coupez le bouleau ! Coupez le bouleau !

Millette saisit une hache qui traînait près de la corde de bois, à l'entrée de la cuisine. Sans effort, il se mit à cogner sur le petit arbre. Un craquement plaintif, et il était tombé.

— Dommage ! Le seul arbre qui avait du bon sens dans ce maudit tas d'épinettes dit Millette, en reposant calmement sa hache.

J'entrai dans la cuisine, me servis un grand bol de café, y noyai une tranche de pain.

Mes larmes coulaient dans le café. Aveuglé, j'abandonnai la table et je m'engageai sur le chemin du portage, me donnant l'illusion de partir avec elle.

Devant moi, les sillons du traîneau qui emmenait le corps de Johanne. Au loin, le soleil se levait, rouge, inondant le ciel et le sol de son sang. Il traversa quelques têtes d'épinette. Il apparut, impossible à regarder en face.

Si beau tout à coup, le soleil. Et celui qui se levait au fond de moi. Ce beau soleil ! Dans une illumination, le traîneau disparut dans la courbe. Je fis demi-tour et m'en revins au chantier. J'eus alors, entendant des voix, la certitude que les immigrants arrivaient. Je me retins de courir pour annoncer la nouvelle en criant à tue-tête : « Eh ! les gars, eh ! Les civilisés qui nous arrivent ! Les civilisés, que je vous dis ! Ce sont eux ! »

Je me contentai de fredonner l'air de la chanson que chantait Johanne, en songeant que, sous peu, on commencerait la drave.

Oui. Dans un mois, on commencera la drave.

La White s'ouvrira toute grande.

Les bourgeons sortiront de l'hiver.

Choix de critique

Ce roman de Godin, plein d'images et de symboles au style incisif et concis, débouche sur l'espérance. Un drame triste, le suicide de la Johanne, annonce un «beau soleil». Les civilisés «vont monter», «la White s'ouvrira toute grande», «les bourgeons sortiront de l'hiver». Il est étonnant de voir comment, en définitive, deux soleil s'épousent: *Ce maudit soleil* avec *Sous le soleil de la pitié*, Marcel Godin reprend au niveau de tout un peuple ce drame du mariage de l'homme avec un pays que Georges Bugnet décrivait naguère au niveau d'un couple, dans son roman *La forêt*.

ANDRÉ GAULIN,
Le Soleil, Québec, 17 juillet 1965

Ce maudit soleil [...] illumine le sombre univers que Marcel Godin a connu. Les Français sauront — s'ils l'ignorent — que le Québec n'est pas seulement un chantier mais une terre où un individu rejoint l'universel par son désir de fraternité et d'amour. Car c'est là le drame de tout homme, qu'il soit ministre des Finances ou commis dans un chantier.

ANDRÉ MAJOR,
Le Petit Journal, 27 juin 1965

[...] ce qui m'a particulièrement frappé [chez Marcel Godin], c'est son style court, haché et pourtant terriblement évocateur. En quelques phrases il crée un climat, sans lyrisme. C'est un écrivain de l'action, c'est elle qui vient en premier plan. [...]
Marcel Godin ne triche pas. Il est authentique. C'est pour ça que sa langue, tout en étant bien canadienne, peut-être comprise par n'importe qui. Il ne cherche pas à plaire, ni à déplaire. Enfin un écrivain qui ne fait pas sa cour au lecteur.

F. P.
août 1976

Marcel Godin a su attirer notre attention tant par son talent indéniable que par son appartenance trifluvienne. *Ce maudit soleil*, c'est la beauté et la grandeur des étendues de neige tachées de forêts d'épinette, c'est la vie dure et sans confort des bûcherons pour qui l'argent à gagner est le seul but. *Ce maudit soleil*, c'est aussi le cri de détresse de l'homme incapable de s'habituer à un genre de vie particulier, incapable de se défaire de ses principes.

Écrit dans un très beau style, ce roman nous fascine dès le début. [...] Marcel Godin se doit de retenir l'attention car son œuvre se compare favorablement à certaines productions étrangères.

JOCELYNE MILOT,
Le Nouvelliste, novembre 1965

[...] Marcel Godin vient d'être lancé à Paris par l'éditeur Robert Laffont. [...] *Ce maudit soleil* est situé au pays des bûcherons et des épinettes. Je ne suis pas étonnée que ce roman ait réussi à plaire, outre-Atlantique. En effet, la part d'exotisme et d'insolite y est assez bien dosée pour piquer la curiosité des lecteurs [...] désireux de connaître [...] les actuels descendants des coureurs de bois de la toujours Nouvelle-France. [...]

Certes, il y a un indéniable talent dans ce roman, l'art de brosser des scènes bien amenées, un ton alerte.

MONIQUE BOSCO,
Le Devoir, novembre 1965

Table